FISCHER BIBLIOTHEK

Stefan Zweig

# ERSTES ERLEBNIS

## Vier Geschichten aus Kinderland

*Mit einem Nachwort von Richard Friedenthal*

S. Fischer Verlag

Satz und Druck: Georg Wagner, Nördlingen
Einband: G. Lachenmaier, Reutlingen
Printed in Germany 1976
ISBN 3 10 097027 6

Ellen Key
in herzlichem Gedenken der hellen Herbsttage
von Bagni di Lucca

O Kindheit, wie ich hinter deinen Gittern,
Du enger Kerker, oft in Tränen stand,
Wenn draußen er mit blau und goldnen Flittern
Vorüberzog, der Vogel Unbekannt,

O Nächte Ungeduld, da sich die Hand
Am Riegel wundriß – schon fühlt ich das Zittern
Verfrühter Wünsche mir im Blut gewittern –
Bis ich ihn brach und frei die Ferne fand!

Kaum daß ich blickte, war ich schon entsprungen.
Mein war die Welt! In hundert heißen Schauern
Verlor sich das verbreiterte Gefühl.

Und doch, Entsinnen bringt mir oft Bedauern:
»O süße Angst, der ersten Dämmerungen!
O könnt ich heim! Wie war ich rein und kühl!«

# GESCHICHTE
# IN
# DER DÄMMERUNG

Hat der Wind wieder Regen über die Stadt geweht, daß es plötzlich so dunkelt in unserem Zimmer? Nein. Die Luft ist silbern klar und still, wie selten in diesen Sommertagen, aber es ist spät geworden, und wir haben es nicht bemerkt. Nur die Dachfenster gegenüber lächeln noch in leisem Glanz, und der Himmel über dem First ist schon mit goldenem Rauch umflort. In einer Stunde wird es Nacht sein. In einer wundervollen Stunde, denn nichts ist schöner zu sehen als diese Farbe, die allmählich welk wird und sich verschattet, und dann im Zimmer das Dunkel, das vom Boden aufquillt, bis schließlich die schwarzen Fluten lautlos über den Wänden zusammenschlagen und uns mittragen in ihre Finsternis. Wenn man da einander gegenübersitzt und sich ansieht ohne Wort, will es einem scheinen in dieser Stunde, als würde das vertraute Gesicht in den Schatten älter und fremder und ferner, als hätte man sich nie so gekannt und sähe sich an über einen weiten Raum und viele Jahre. Aber du willst jetzt das Schweigen nicht, sagst du, weil man sonst zu beklommen hört, wie die Uhr die Zeit in hundert kleine Splitter zerschlägt und das Atmen in der Stille laut wird, wie das eines Kranken. Ich soll dir jetzt etwas erzählen. Gerne. Freilich nicht von mir, denn unser Leben in diesen endlosen Städten ist ja arm an Erlebnis, oder es scheint uns so, weil wir noch nicht wissen, was uns wirklich zu eigen gehört. Aber ich will dir eine Geschichte erzählen für diese Stunde, die eigentlich nur das Schweigen liebt, und ich wollte, sie hätte etwas von diesem warmen, weichen, flutenden Licht der Dämmerung, das schleiernd vor unsern Fenstern schwebt.

Ich weiß nicht, wie diese Geschichte zu mir kam. Ich bin nur, dessen entsinne ich mich, am frühen Nachmittage hier lang gesessen, habe in einem Buche gelesen und es dann sinken lassen, hindämmernd in Träumerei, vielleicht auch in leisen Schlaf. Und plötzlich sah ich Gestalten hier, und sie glitten die Wand entlang, und ich konnte ihre Worte hören und in ihr Leben sehen. Doch als ich den Entschwindenden nachblicken wollte, war ich schon wieder wach und allein. Zu meinen Füßen gesunken, lag das Buch. Nun ich es aufhob und nach den Gestalten frug, fand ich darin die Geschichte nicht mehr; es war, als sei sie aus den Blättern in meine Hände gefallen, oder sie war nie darin gewesen. Vielleicht hatte ich sie geträumt oder in einer jener bunten Wolken gelesen, die heute von fernen Ländern in unsre Stadt kamen und den Regen forttrugen, der uns so lange bedrückte. Oder hatte ich sie aus jenem einfältigen alten Lied gehört, das eine Drehorgel melancholisch unter meinem Fenster knarrte, oder hatte sie jemand mir vor Jahren erzählt? Ich weiß es nicht. Solche Geschichten kommen oft zu mir heran, und ich lasse ihre Geschehnisse spielend durch meine Finger rinnen, ohne sie festzuhalten, so wie man Ähren und hochstengeligen Blumen im Vorübergehen schmeichelt, ohne sie zu pflücken. Ich träume sie nur von einem jähen farbigen Bild zu einem sanfteren Ende, aber ich fasse sie nicht. Doch du willst heute von mir eine Geschichte, und so erzähle ich sie dir jetzt in dieser Stunde, da die Dämmerung uns sehnsüchtig macht, Buntes und Bewegtes vor unsern Augen leuchten zu sehn, die im Grau verarmen.

Wie soll ich beginnen? Ich fühle, ich muß einen Augenblick aus dem Dunkel herausheben, ein Bild und eine Gestalt, denn so beginnen auch in mir diese seltsamen Träume. Nun entsinne ich mich schon. Ich sehe einen schlanken Knaben, der die breitstufige Treppe eines Schlosses niedersteigt. Es ist Nacht und eine Nacht mit nur mattem Mondlicht, aber ich umfasse wie mit einem erhellten Spiegel jede Kontur seines geschmeidigen Körpers, sehe genau in seine Züge. Er ist außerordentlich schön. Kindhaft gekämmt fallen die schwarzen Haare glatt über die fast überhohe Stirne, und die Hände, die er im Dunkel vorbreitet, um die Wärme der durchsonnten Luft tastend zu fühlen, sind sehr zart und edel. Sein Schritt zögert. Verträumt steigt er nieder zu dem großen, mit vielen runden Bäumen rauschenden Garten, durch den

wie ein weißer Steg eine einzige breite Chaussee strahlt.
Ich weiß nicht, wann dies alles geschieht, ob gestern oder vor fünfzig Jahren, und ich weiß nicht wo, aber ich glaube in England muß es sein oder in Schottland, denn nur dort kenne ich so hohe breit gequaderte Schlösser, die von der Ferne wie Kastelle trotzig drohen und sich erst vertrautem Blick willig zu den hellen blumigen Gärten niederneigen. Ja, nun weiß ich es ganz bestimmt, es ist oben in Schottland, denn nur dort sind die Sommernächte so licht, daß der Himmel milchig glänzt wie ein Opal und die Felder nie dunkel werden, daß alles wie von innen leise leuchtend scheint und nur die Schatten, schwarzen Riesenvögeln gleich, in die hellen Flächen niederfallen. In Schottland ist es, oh, nun weiß ich es ganz, ganz bestimmt, und wenn ich mich mühte, fände ich diesem gräflichen Schlosse den Namen und dem Knaben auch, denn nun schält sich rasch die dunkle Rinde los von dem Traume, und alles fühle ich so deutlich, als sei es nicht Entsinnung, sondern Erlebnis. Der Knabe ist während des Sommers bei seiner verheirateten Schwester zu Gast und nach der freundschaftlichen Art der vornehmen englischen Familien nicht allein; abends versammelt die Runde eine ganze Reihe Jagdfreunde und ihre Frauen, dazu ein paar Mädchen, hohe schöne Menschen, deren Heiterkeit und Jugend lachend und doch nicht lärmend mit dem Echo der alten Mauern spielt.

Tagsüber sprengen Pferde hin und her, Hunde werden in Koppeln gebracht, drüben auf dem Fluß glitzern zwei, drei Boote: eine Regsamkeit ohne Geschäftigkeit gibt dem Tag einen angenehm schnellen Rhythmus.

Aber jetzt ist es Abend, die Tischrunde gelöst. Die Herren sitzen im Saal, rauchen und spielen; bis Mitternacht fallen von den hellen Fenstern weiße, an den Rändern zitternde Lichtkegel in den Park hinein, manchmal auch ein volles, launiges Lachen. Die Damen sind meist schon auf ihren Zimmern, eine oder zwei plaudern vielleicht noch in der Vorhalle mitsammen. Und so ist der Knabe abends ganz allein. Zu den Herren darf er noch nicht oder nur für einen Augenblick, und vor der Nähe der Frauen hat er Scheu, denn oft, wenn er die Türe aufklinkt, senken sie plötzlich die Stimmen, und er spürt, sie reden Dinge, die er nicht hören soll. Und überhaupt, er liebt ihre Gesellschaft nicht, denn sie fragen ihn wie ein Kind und hören nur lässig seine Antwort, sie nützen ihn bloß zu tausend kleinen Gefälligkeiten aus und danken ihm dann wie einem artigen Buben. So hat er zu Bett gehen wollen und war schon die krumme Treppe hinaufgegangen; aber das Zimmer war zu warm gewesen, vollgepreßt mit dumpfer unbewegter Schwüle. Man hatte vergessen, bei Tag die Fenster zu schließen, und so hatte die Sonne sich hier breit gemacht: den Tisch hatte sie heiß gezündet und das Bett angeglüht, auf den Wänden lastend gelegen, und noch zittert erregt ihr schwüler Atem aus den Winkeln und Vorhängen. Und dann: so früh war es noch – und draußen leuchtete die sommerliche Nacht wie eine weiße Kerze, so ruhig, so windstill, so sehnsuchtslos still. Und da ist der Knabe die hohe Schloßtreppe wieder hinabgestiegen zu dem Garten, über dessen dunkler Runde der Himmel mattleuchtend liegt wie ein Heiligenschein und wo ein voller, von vielen unsichtbaren Blüten entatmeter Duft ihm lockend entgegenbebt. Seltsam ist ihm zumute. Er wüßte nicht zu sagen wie, in dem verwirrten Gefühl seiner fünfzehn Jahre, aber seine Lippen beben so, als müßte er irgend etwas in die Nacht hinsprechen oder die Hände heben oder die Augen lange schließen, als sei irgendein Geheimnisvoll-Vertrautes zwischen ihm und dieser ruhenden Sommernacht, das Rede wollte oder ein Zeichen des Grußes.

Langsam geht der Knabe aus der breiten, offenen Allee in einen der schmalen Seitengänge, wo sich die Bäume hoch oben mit silbern bestrahlten Kronen zu umarmen scheinen, unten aber nachtschwer das Dunkel liegt. Ganz still ist es. Nur jenes unbeschreibliche Getön der Stille in einem Garten, jenes summende Schwingen, als fiele ein weicher Regen ins Gras oder streiften die Halme hellsurrend einander, weht an den Schreitenden heran, der ganz verloren ist in süßer unfaßbarer Schwermut. Manchmal rührt er leise einen

Baum an oder bleibt stehen, um dem flüchtigen Getön nachzulauschen: der Hut drückt ihm die Stirne, und so legt er ihn ab, um an den nackten Schläfen, wo sein Blut klingt, die Hand des schläfrigen Windes zu fühlen.

Da, mit einem Male, wie er tiefer in das Dunkel tritt, geschieht etwas Unerhörtes. Hinter ihm knirscht leise der Kies. Und da er sich erschreckt umwendet, sieht er nur noch das flatternde Leuchten einer hohen weißen Gestalt auf sich zu, und schon an ihm, und erschrokken fühlt er sich stark und doch ohne jede Gewalt von einer Frau umfangen. Ein warmer, weicher Körper preßt sich drängend an den seinen, eine Hand streift rasch und schaudernd über sein Haar und beugt seinen Kopf zurück: taumelnd fühlt er an seinem Mund eine fremde, aufgetane Frucht, zitternde Lippen, die sich in die seinen einsaugen. So nahe ist dieses Gesicht dem seinen, daß er die Züge nicht sehen kann. Und er wagt es nicht, denn wie Schmerz schlägt Schauer seinen Leib, daß er die Augen schließen muß und sich willenlos als Beute diesen brennenden Lippen hingeben; unentschlossen, unsicher wie eine Frage, fassen seine Arme nun diese fremde Gestalt, und jäh berauscht preßt er den fremden Leib an sich. Gierig fließen seine Hände die weichen Linien entlang, ruhen und zittern wieder fort, werden fiebriger und empörter. Immer drängender und schon übergebeugt, eine selig schwere Bürde, ruht jetzt die ganze Last des Körpers über seiner nachgebenden Brust. Er fühlt sich irgendwie sinken und hinströmen unter diesem schwer atmenden Drängen, und schon brechen seine Knie. An nichts denkt er, nicht, wie diese Frau zu ihm kam, und nicht, wie ihr Name ist, er trinkt nur mit geschlossenen Augen von diesen fremden duftfeuchten Lippen die Begehrlichkeit in sich, bis er trunken ist, willenlos, sinnlos hintreibend in eine ungeheure Leidenschaftlichkeit. Ihm ist, als seien plötzlich Sterne niedergestürzt, so ein Flimmern ist vor seinen Augen, und wie Funken zittert alles und brennt, was er berührt. Und er weiß nicht, wie lange all dies dauert, ob es Stunden sind, daß er so weich umkettet ist, oder Sekunden: alles fühlt er auflodern in dem wilden Gefühl des wollüstigen Kampfes und wegtreiben, hintaumeln in eine wunderbare Schwindligkeit.

Und dann plötzlich, mit einem Ruck, zerbricht die heiße Kette. Jäh, fast erbost, läßt die Umklammerung seine umpreßte Brust, die fremde Gestalt richtet sich auf, und schon fließt, hell und schnell, ein weißer Lichtstreif an den Bäumen vorbei und ist wieder fort, ehe er die Hände heben konnte, ihn zu haschen.

Wer war das? Und wie lange hat das gedauert? Beklemmt, betäubt richtet er sich an einem Baume auf. Langsam strömt das kühle Denken wieder zurück zwischen die fiebrigen Schläfen: um tausend Stunden scheint ihm sein Leben plötzlich vorgerückt. Was er verwirrt geträumt hatte von Frauen und von Leidenschaft, sollte es plötzlich wahr geworden sein? Oder war es doch nur ein Traum? Er tastet sich an, greift sich ins Haar. Ja, es ist feucht um die hämmernden Schläfen, feucht und kühl vom Tau des Grases, in das sie hingestürzt waren. Nun blitzt alles wieder vorbei vor seinem Blick, er fühlt die Lippen wieder brennen, atmet den fremden knisternden Duft der Wollust aus dem Kleid, jedes Wortes sucht er sich zu entsinnen. Aber keines fällt ihm ein.

Und jetzt erinnert er sich erschreckt mit einem Male, daß sie gar nichts gesprochen, nicht einmal seinen Namen genannt; daß er nur ihre überquellenden Seufzer kennt und das Drohen, das krampfig verhaltene Schluchzen der Lust, daß er den Duft ihrer verworrenen Haare weiß, den heißen Druck ihrer Brüste, den glatten Email ihrer Haut, daß ihre Gestalt, ihr Atem, ihr ganzes zuckendes Gefühl ihm zu eigen war und er doch nicht ahnt, wer diese Frau gewesen, die ihn mit ihrer Liebe im Dunkel überfiel. Daß er nun stammeln muß nach einem Namen, um seine Überraschung, sein Glück zu benennen.

Und da scheint ihm das Unerhörte, das er soeben plötzlich mit einer Frau erlebt, arm, ganz arm und nichtig gegen das funkelnde Geheimnis, das mit lokkenden Augen aus dem Dunkel auf ihn starrt. Wer war diese Frau? Im Flug überdenkt er alle Möglichkeit, versammelt die Bilder aller Frauen, die hier am Schlosse leben, vor seinem Blick; jede seltsame Stunde

ruft er zurück, jedes Gespräch mit ihnen gräbt er aus seiner Erinnerung, jedes Lächeln der fünf, sechs Frauen, die einzig in diesem Rätsel verstrickt sein könnten. Die junge Gräfin E., die oft so heftig ihren alternden Mann anfuhr, vielleicht, oder die junge Frau seines Onkels, die so seltsam sanfte und doch irisierende Augen hatte, oder – er erschrak bei dem Gedanken – eine der drei Schwestern, seine Cousinen, die einander so ähnlich sind in ihrer hohen, stolzen, schroffen Art? Nein – aber die waren doch alle kühle, bedächtige Menschen. Wie ein Verstoßener, Kranker hatte er sich in den letzten Jahren oftmals gedünkt, seit geheime Gluten in ihm wühlten und flackernd in seine Träume fielen, wie hatte er alle die beneidet, die so ruhig, so schwindelfrei und begierdelos waren oder schienen, hatte sich geängstigt vor seiner erwachenden Leidenschaft wie vor einem Gebrest. Und nun ...? Aber wer, wer unter allen diesen wüßte so zu täuschen?
Langsam löst die beharrliche Frage den Rausch aus seinem Blut. Es ist spät geworden, die Lichter im Spielsaal sind verlöscht, er allein wacht noch im Schloß, er – und vielleicht noch jene Andere, Unbekannte. Leise drängt ihn die Müdigkeit. Wozu noch sinnen? Ein Blick, ein Funkeln zwischen den Lidern, ein heimlicher Händedruck muß ihm ja morgen alles verraten. Träumerisch steigt er die Treppe hinauf, träumerisch wie er sie hinabgestiegen, aber doch so

unendlich anders. Sein Blut ist noch leise erregt, und das erwärmte Zimmer scheint ihm jetzt klarer und kühler zu sein.
Wie er aufwacht am nächsten Morgen, stampfen und scharren schon unten die Pferde, er hört Stimmen lachen und seinen Namen dazwischen. Rasch springt er auf – das Frühstück ist versäumt – zieht sich fieberschnell an und stürmt hinab, wo ihn die andern schon fröhlich empfangen. »Langschläfer«, lacht ihm die Gräfin E. entgegen, und das Lachen blinkt aus hellen Augen. Ein gieriger Blick faßt ihr Gesicht; nein, nein, sie konnte es nicht sein, ihr Lachen ist zu unbekümmert. »Süß geträumt«, spottet die junge Frau, aber zu schmächtig scheint ihm ihr zarter Körper. Rasch flattert seine Frage von Gesicht zu Gesicht, aber auf keinem wartet ein lächelnder Widerschein.
Und sie reiten hinein ins Land. Er horcht auf jede Stimme, horcht mit den Blicken auf jede Linie, jede Welle der im Ritt bewegten Frauenkörper; jedes Biegen belauscht er und wie sie die Arme heben. Er beugt sich mittags bei Tische im Gespräch nahe heran, um jeden Duft der Lippen zu spüren oder die Schwüle des Haares, aber nichts, nichts gibt ihm ein Zeichen, eine flüchtige Spur, auf der seine erhitzten Gedanken nachstürmen könnten. Der Tag dehnt sich unendlich dem Abend zu. Nun er in einem Buche lesen will, rinnen die Zeilen über den Rand hinaus und führen plötzlich in den Garten, und es ist wieder Nacht, die sonderbare

Nacht, und er fühlt sich wieder umkettet von den Armen der Unbekannten. Da läßt er das Buch aus den zitternden Händen und will zum Teich hinüber. Und steht plötzlich, selbst erschrocken, auf dem Kieswege an der gleichen Stelle. Abends fiebert er beim Essen, seine Hände sind irr, tasten rastlos hin und her, wie verfolgt, seine Augen kriechen scheu unter die Lider. Erst wie die andern ihre Stühle endlich, oh, endlich wegrücken, ist er beglückt, und schon flieht er zum Zimmer hinaus in den Park hinein, auf und nieder den weißen Weg, der wie ein milchiger Nebel unter seinen Füßen zu flimmern scheint, auf und nieder und wieder auf und nieder, hunderte-, tausendmal. Brennen die Lichter schon im Saal? Ja, endlich sind sie aufgeflammt, und endlich glänzen auch vom ersten Stock ein paar blinde Fenster. Die Damen haben sich zurückgezogen. Jetzt kann es nur mehr Minuten dauern, wenn sie kommen will, aber jetzt schwillt jede Minute bis zum Bersten mit roter Ungeduld. Und wieder auf und nieder, er zuckt nur so hin und her wie von geheimen Schnüren gerissen.
Und da plötzlich huscht die weiße Gestalt die Treppe hinab, rasch, viel zu rasch, als daß er sie erkennen könnte. Ein Mondstreif scheint sie oder ein verlorener, wehender Schleier zwischen den Bäumen, vom schnellen Wind hergejagt und jetzt, jetzt in seine Arme, die sich um diesen wilden, vom hastigen Laufe erhitzt pochenden Leib gierig schließen wie eine

Kralle. Wie gestern ist es wieder ein einziger Augenblick, da diese warme Welle unvermutet an seine Brust schlägt, daß er ohnmächtig zu werden glaubt von ihrem süßen Schlag und nur hinströmen will, verfluten in eine finstere Lust. Aber dann erlischt jäh der Rausch, und er hält seine Glut zurück. Nein, sich nicht verlieren in diese wunderbare Wollust, nicht sich hingeben an diese saugenden Lippen, ehe zu wissen, welchen Namen dieser Körper trägt, der sich so eng an ihn drängt, daß ihm ist, als poche dieses fremde laute Herz in seiner eigenen Brust! Er beugt den Kopf vor ihrem Kusse zurück, um das Gesicht zu sehn: aber Schatten fallen herab und mischen sich im unsicheren Lichte mit dem dunklen Haar. Zu dicht ist das Baumgewirr und zu matt das Licht des wolkenumschleierten Mondes. Nur die Augen sieht er glimmernd leuchten, glühende Steine, irgendwo tief in den mattglänzenden Marmor eingesprengt.

Da will er ein Wort hören, nur einen losgerissenen Splitter ihrer Stimme. »Wer bist du, sag mir, wer bist du?« verlangt er. Aber dieser weiche, feuchte Mund hat nur Küsse, keine Worte. Da will er ein Wort erpressen, einen Schrei des Schmerzes, er zerdrückt den Arm, bohrt seine Nägel tief in das Fleisch, aber bloß Keuchen fühlt er aus einer angespannten Brust, erhitzten Atem und die Schwüle der hartnäckig stummen Lippen, die nur manchmal leise stöhnen, er weiß nicht, ob in Schmerz oder Wollust. Und das macht ihn wahnsinnig, daß er keine Kraft hat über diesen trotzigen Willen, daß diese Frau aus dem Dunkel ihn nimmt, ohne sich ihm zu verraten, daß er unbegrenzte Macht hat über ihren begehrenden Körper und nicht Herr ist ihres Namens. Ein Zorn bricht in ihm auf, und er wehrt ihrer Umschlingung; sie aber, die Ermattung seines Armes fühlend und gewahr seiner Unruhe, umschmeichelt begütigend und lockend mit der erregten Hand sein Haar. Und da spürt er, wie die Finger hinstreifen, leise klingend etwas an seiner Stirne, Metall, ein Medaillon, eine Münze, die lose von ihrem Armbande pendelt. Da faßt ihn jäh ein Gedanke. Wie in wildester Leidenschaft preßt er ihre Hand an sich und drückt dabei die Münze tief in seinen halbentblößten Arm, bis sich die Fläche in seine Haut eingräbt. Ein Zeichen ist ihm jetzt gewiß, und nun, da es an seinem Körper brennt, da gibt er sich willig hin an die verhaltene Leidenschaft. Nun preßt er sich tief in ihren Körper, saugt die Wollust von ihren Lippen, hinstürzend in diese geheimnisvoll lüsterne Glut einer wortlosen Umkettung.

Und als sie dann, ganz wie gestern, plötzlich aufspringt und flüchtet, da sucht er sie nicht zu halten, denn die Neugier nach dem Zeichen fiebert in seinem Blut. Er stürmt in sein Zimmer, läßt die mattschwelende Lampe grell aufflammen und beugt sich gierig über das Mal, das die Münze in seinen Arm eingegraben hat.

Es ist nicht mehr ganz deutlich, die volle Rundung ist verlöscht, aber die eine Ecke ist noch scharf und rot eingepreßt, unverkennbar genau. An den Ecken kantig abgeschliffen, achteckig muß die Münze sein und mittelgroß, wie ein Penny etwa, nur plastischer, denn hier ist die Grube noch tief, die der Erhöhung entspricht. Wie Feuer brennt das Mal, da er es so gierig betrachtet, wie eine Wunde tut es ihm plötzlich weh, und erst jetzt, da er die Hand in das kalte Wasser taucht, schwindet das schmerzhafte Brennen. Achteckig ist das Medaillon: jetzt fühlt er sich ganz sicher. Triumph funkelt in seinem Blick. Morgen wird er alles wissen.

Am nächsten Morgen ist er einer der ersten am Frühstückstisch. Von Damen sind nur ein ältliches Fräulein, seine Schwester und die Gräfin E. zur Stelle. Alle sind sie aufgeräumt, ihr Gespräch springt achtlos an ihm vorbei. Um so besser kann er beobachten. Rasch gleitet sein Blick um die schmale Handfessel der Gräfin: sie trägt kein Armband. Nun erst kann er ruhig mit ihr sprechen, aber nervös tastet sein Auge immer zur Türe hin. Die drei Schwestern, seine Cousinen, treten jetzt zusammen ein. Die Unruhe rührt ihn wieder an. Undeutlich unter den Ärmel verschoben, sieht er ihren Armschmuck, aber zu rasch nehmen sie Platz, gerade ihm gegenüber Kitty, die kastanienbraune, Margot, die blonde, und Elisabeth, deren Haar so hell ist, daß es im Dunkel wie Silber leuchtet und in der Sonne golden fließt. Alle drei sind sie wie immer kühl, still und abwehrend, erstarrt in die Würde, die er an ihnen so haßt, weil sie doch nicht viel älter sind als er und doch vor Jahren noch seine Spielkameraden waren. Die junge Frau seines Onkels fehlt noch. Immer unruhiger wird das Herz des Knaben, da er die Entscheidung so nahe fühlt, und mit einemmal ist ihm die rätselhafte Qual des Geheimnisses fast lieb. Aber sein Blick ist neugierig, huschend streift er an der Tischkante herum, über deren weißem Geleucht die Hände der Frauen ruhig liegen oder langsam wandeln wie Schiffe in einer blinkenden Bucht. Er sieht nur die Hände, und sie scheinen ihm plötzlich wie eigene Wesen, wie Gestalten auf einer Bühne, jede ein Leben und eine Seele. Warum klopft das Blut so an seine Schläfe? Alle drei Cousinen, sieht er erschreckt, tragen Armreifen, und die Gewißheit, daß es eine von diesen hochmütigen, äußerlich so tadellosen Frauen sein könnte, die er nur immer, selbst in Kindertagen, trotzig in sich gewandt gekannt hatte, verwirrt ihn. Welche sollte es sein? Kitty, die er am wenigsten kennt, weil sie die Älteste ist, die schroffe Margot oder die kleine Elisabeth? Er wagt sich gar keine von ihnen zu wünschen. Im geheimsten verlangt er, keine möge es sein oder er möchte es nicht wissen. Aber jetzt reißt ihn das Verlangen schon hin.

»Darf ich noch um eine Tasse Tee bitten, Kitty?« Seine Stimme klingt, als hätte er Sand in der Kehle. Er reicht die Tasse, nun muß sie den Arm heben, über

den Tisch strecken, bis zu ihm her. Jetzt – er sieht ein Medaillon vom Armreif niederzittern, eine Sekunde starrt seine Hand, aber nein, es ist ein grüner Stein, rund gefaßt, der leise an das Porzellan anklingt. Wie ein Kuß streichelt sein Blick dankbar das braune Haar Kittys.
Einen Augenblick holt er Atem.
»Darf ich dich um ein Stück Zucker bemühen, Margot?« Eine schmale Hand drüben am Tisch wacht auf, streckt sich, krümmt sich um eine Silberdose und bringt sie her. Und da – seine Hand schlottert leise – sieht er, wo das Gelenk sich in den Ärmel verkriecht, von einem feingeflochtenen Reif eine alte Silbermünze niederpendeln, achtkantig abgeschliffen, pennygroß, ein Familienstück offenbar. Aber achtkantig, mit den scharfen Ecken, die gestern in seinem Fleisch gebrannt haben. Seine Hand wird nicht fester, zweimal tappt die Zuckerzange daneben, dann erst läßt er ein Stück Zucker in den Tee fallen, den er zu trinken vergißt.
Margot! Auf den Lippen fiebert der Name, ein Aufschrei der ungeheuerlichsten Überraschung; aber er beißt die Zähne zusammen. Da hört er sie jetzt sprechen – und so fremd scheint ihm ihre Stimme, als redete jemand von einer Tribüne herab – kühl, besonnen, leise witzelnd und so ruhigen Atems, daß ihm fast graut vor der furchtbaren Lüge ihres Lebens. Ist das wirklich dieselbe Frau, deren Keuchen er gestern niedergepreßt, deren feuchte Lippen er getrunken, die

sich nachts wie ein Raubtier auf ihn gestürzt? Immer starrt er wieder auf die Lippen. Ja, der Trotz, das Verschlossensein, der konnte nur auf diesen scharfen Lippen sich bergen, aber was verriet ihm die Glut?
Tiefer sieht er in ihr Gesicht, als sähe er es zum erstenmal. Und zum erstenmal fühlt er, jubelnd, schauernd beglückt und fast einem Weinen nah, wie schön sie war in diesem Stolz, wie lockend in ihrem Geheimnis. Wollüstig zeichnet sein Blick die runde, in einem scharfen Winkel dann plötzlich aufklimmende Linie ihrer Augenbrauen nach, gräbt sich tief in den kühlen Karneol ihrer graugrünen Augen, küßt die blasse, leise durchleuchtende Haut ihrer Wangen, wölbt die jetzt scharfgespannten Lippen weicher zum Kuß, irrt um das helle Haar und faßt in raschem Niederstieg jetzt wollüstig die ganze Gestalt. Nie bis zu dieser Sekunde hat er sie gekannt. Nun er von Tisch aufsteht, zittern seine Knie. Er ist von ihrem Anblick trunken wie von schwerem Wein.
Da ruft schon unten seine Schwester. Die Pferde stehen bereit zum Morgenritt, tänzeln nervös und kauen ungeduldig an den Trensen. Rasch steigt einer nach dem andern in den Sattel, und dann geht es in bunter Kavalkade durch die breite Gartenallee. Zuerst in langsamem Trab, dessen träger Gleichklang dem Knaben so wenig zum jagenden Takt seines Blutes stimmt. Aber dann hinter dem Tore lassen sie den Pferden die Zügel, stürmen von der Straße rechts und

links seitab in die Wiesen hinein, die noch leise dampfen im Morgen. Es muß nachts stark getaut haben, denn unter dem schleiernden Rauch glitzern unruhige Funken, und die Luft ist wie von einem nahen Wassersturz wunderbar gekühlt. Die geschlossene Gruppe löst sich bald, die Kette zerreißt in farbige Splitter, ein paar Reiter sind schon im Wald zwischen den Hügeln verschwunden.

Margot ist eine der ersten voran. Sie liebt den wilden Schwung, den leidenschaftlichen Anflug des Windes, der an ihren Haaren reißt, das unbeschreibliche Gefühl des Vorwärtssausens im scharfen Galopp. Hinter ihr stürmt der Knabe: er sieht ihren stolzen Körper hochgereckt, geschwungen zu einer schönen Linie durch die wilde Bewegung, sieht manchmal ihr Gesicht, angeflogen von einer leichten Röte, das Leuchten ihrer Augen, und jetzt, da sie ihre Kraft so leidenschaftlich auslebt, erkennt er sie wieder. Verzweifelt fühlt er seine jähe Liebe, sein Verlangen. Eine ungestüme Gier überfällt ihn, sie jetzt plötzlich zu fassen, vom Pferd zu reißen und in seine Arme, wieder die unbändigen Lippen zu trinken und die schütternden Stöße ihres erregten Herzens an seiner Brust aufzufangen. Ein Schlag in die Flanke, und aufwiehernd springt sein Pferd vor. Jetzt ist er an ihrer Seite, fast streift sein Knie das ihre, die Bügel klingen leise zusammen. Nun muß er es sagen, er muß. »Margot«, stammelt er. Sie wendet den Kopf, die scharfe Braue spannt sich nach oben. »Was ist's, Bob?« Ganz kühl sagt sie's. Und ganz kühl und blank sind ihre Augen. Ein Schauer rieselt ihm bis ins Knie. Was hat er sagen wollen? Er weiß es nicht mehr. Irgend etwas stammelte er von Umkehren. »Bist du müde?« sagt sie, ein wenig höhnisch wie ihm scheint. »Nein, aber die andern sind so weit zurück«, bringt er noch mühsam hervor. Ein Augenblick noch, fühlt er, und er muß etwas ganz Unsinniges tun, jäh die Arme nach ihr ausstrecken oder zu weinen anfangen oder mit der Gerte nach ihr schlagen, die wie elektrisch in seiner Hand zittert. Mit einem Ruck reißt er das Pferd zurück, daß es sich kurz bäumt. Sie stürmt weiter, hochgereckt, stolz, unnahbar.

Die andern holen ihn bald ein. Um ihn schwirrt rechts und links ein helles Gespräch, aber die Worte und das Lachen summen sinnlos an ihm vorbei wie das harte Klappern der Hufe. Er quält sich, daß er den Mut nicht fand, ihr von seiner Liebe zu sagen und ihr Geständnis zu erzwingen, und die Begierde, sie zu bändigen, wird wilder und wilder, wie ein roter Himmel fällt sie vor seinen Augen über das Land. Warum hat er sie nicht gehöhnt, wie sie ihn mit ihrem Trotz? Unbewußt treibt er das Pferd, und nun erst, im hitzigen Sausen wird ihm leichter. Da rufen die andern zur Umkehr. Die Sonne ist über den Hügel gekrochen und steht hoch im Mittag. Von den Feldern weht ein weicher, qualmiger Duft her, grell sind die Farben geworden und brennen wie geschmolzenes Gold in die Augen. Schwüle und Schwere bläht sich über das Land, schon traben die verschwitzten Pferde schläfriger, dampfen warm und keuchen. Langsam sammelt sich wieder der Zug, die Heiterkeit ist lässiger, das Gespräch spärlicher geworden.

Auch Margot ist wieder aufgetaucht. Ihr Pferd ist angeschäumt, weiße Flocken zittern an ihrem Kleid, und der runde Knoten des Haares droht aufzubrechen, so locker halten nur mehr die Spangen. Der Knabe starrt wie verzaubert auf das blonde Geflecht, und der Gedanke, daß es sich plötzlich lösen könnte und niederrauschen in wilden, wehenden Flechten, macht ihn toll vor Erregung. Schon glänzt am Ende der Chaussee das gewölbte Tor des Gartens und dahinter der breite Gang zum Schlosse hin. Vorsichtig lenkt er an den andern vorbei, ist als erster zur Stelle, springt ab, gibt dem herbeieilenden Diener die Zügel und erwartet die Kavalkade. Margot ist eine der letzten. Ganz langsam trabt sie heran, den Körper schlaff zurückgelehnt, erschöpft wie nach einer Wollust. So müßte sie sein, fühlt er, wenn sie ihren Rausch betäubt hatte, so mußte sie gestern, vorgestern abends gewesen sein. Das Erinnern macht ihn wieder ungestüm. Er drängt hin zu ihr. Atemlos hilft er ihr vom Pferde.

Wie er den Bügel hält, umklammert seine Hand fiebernd das zarte Gelenk ihres Fußes. »Margot«, stöhnt er, murmelt er leise. Sie antwortet nicht einmal mit

einem Blick und faßt gelassen beim Niedersprung die hingereichte Hand.
»Margot, wie wunderbar bist du«, stammelt er noch einmal. Sie sieht ihn scharf an, die Braue schneidet sich wieder hoch in die Stirne. »Ich glaube, du bist betrunken, Bob! Was schwätzest du da?« Aber zornig über die Verstellung, blind vor Leidenschaft preßt er die noch immer gehaltene Hand fest an sich, als wollte er sie in seine Brust bohren. Da gibt ihm Margot, zornig errötend, einen harten Stoß, daß er taumelt, und schreitet rasch an ihm vorbei. So rasch, so zuckend rasch ist dies alles geschehen, daß keiner es bemerkt hat und daß ihm nun selber dünkt, es sei nur ein beängstigender Traum gewesen.
So blaß ist er, so erregt dann den ganzen Tag, daß ihm die blonde Gräfin beim Vorübergehen ins Haar streift und fragt, ob ihm etwas fehle. So zornig ist er, daß er seinen Hund, der ihm bellend entgegenspringt, mit einem Fußtritt zur Seite jagt, so ungeschickt beim Spiel, daß die Mädchen ihn auslachen. Der Gedanke, daß sie heute abend nicht kommen würde, vergiftet sein Blut, macht ihn böse und unwirsch. Sie sitzen beim Tee zusammen draußen im Garten, Margot ihm gegenüber, aber sie sieht ihn nicht an. Magnetisch angezogen zittern seine Augen immer gegen die ihren hin, aber kühl, wie graues Gestein ruhen die und geben kein Echo. Erbitterung packt ihn, daß sie so mit ihm spielt. Wie sie sich jetzt brüsk von ihm abwendet,

ballt sich seine Faust, und er fühlt, er könnte sie ruhig niederschlagen.

»Was hast du denn, Bob, du bist ja ganz blaß«, sagt da plötzlich eine Stimme. Es ist die kleine Elisabeth, Margots Schwester. In ihren Augen glänzt ein warmes, weiches Licht, aber er merkt es nicht. Er fühlt sich irgendwie ertappt und sagt wütend: »Laßt mich doch einmal in Ruh mit eurer verfluchten Besorgnis.« Und bereut es schon. Denn Elisabeth wird sehr blaß, wendet sich ab und sagt mit Tränen in der Stimme: »Du bist aber schon mehr als merkwürdig.« Alle sehen ihn böse und fast drohend an, und er selbst fühlt seine Inkorrektheit. Aber da kommt, ehe er sich noch entschuldigen kann, eine harte Stimme, blank und scharf wie eine Messerschneide, Margots Stimme über den Tisch herüber: »Überhaupt finde ich Bob für seine Jahre sehr ungezogen. Man tut unrecht, ihn als Gentleman oder nur als Erwachsenen zu behandeln.« Margot sagt das, Margot, die ihm noch gestern nachts ihre Lippen geschenkt. Er fühlt alles um sich kreisen, einen Nebel vor seinen Augen. Ein Zorn packt ihn an. »Du mußt es ja wissen, gerade du!« sagt er mit einer ganz bösartigen Betonung und steht auf. Hinter ihm fällt der Sessel um von der jähen Bewegung, aber er wendet sich nicht mehr.

Und doch, so unsinnig es ihm selbst scheint, abends steht er wieder unten im Garten und betet zu Gott, daß sie kommen möge. Vielleicht war auch dies nur

Verstellung und Trotz, nein, er wollte sie nicht mehr fragen und nicht mehr quälen, wenn sie nur käme, wenn er nur wieder das erbitterte Begehren dieser weichen, feuchten Lippen an seinem Munde spüren dürfte, das alle Fragen versiegelt. Die Stunden scheinen eingeschlafen zu sein, ein träges schlaffes Tier liegt die Nacht vor dem Schloß: irrsinnig lang ist die Zeit. Wie von spöttelnden Stimmen beseelt scheint ihm das leise Gesurr im Grase ringsum, wie höhnische Hände diese Äste und Zweige, die sich leise bewegen und mit ihrem Schatten spielen und dem leichten Funkeln des Lichts. Alle Geräusche sind verworren und fremd, schmerzhafter prickeln sie als die Stille. Einmal schlägt drüben im Land ein Hund an, und einmal schwirrt eine Sternschnuppe quer über den Himmel und stürzt irgendwo hinter das Schloß. Immer heller scheint die Nacht zu werden, immer dunkler der Bäume Schatten über dem Weg und immer verworrener dies leise Tönen. Dann hüllen wandernde Wolken wieder den Himmel in ein mattes, schwermütiges Dunkel. Schmerzhaft fällt diese Einsamkeit über das fiebernde Herz.

Der Knabe geht auf und ab. Immer heftiger und schneller. Manchmal schlägt er zornig gegen einen Baum oder zerreibt die Rinde zwischen den Fingern, zerreibt sie so zornig, daß sie bluten. Nein, sie wird nicht kommen, er hat es ja gewußt, aber doch will er es nicht glauben, denn dann kommt sie ja nie, nie mehr wieder. Es ist seines Lebens bitterster Augenblick. Und so leidenschaftlich jung ist er noch, daß er sich heftig hinwirft in das feuchte Moos, die Hände in die Erde verkrallt, Tränen über den Wangen und leise, erbittert schluchzend, wie er nie als Kind geweint hat und nie mehr wird weinen können.

Da plötzlich weckt ihn ein leises Knacken im Gehölz aus seiner Verzweiflung. Und wie er aufspringt und mit blinden, tastenden Händen nach vorne, da hält er – und wunderbar ist dieser jähe, warme Anprall an seiner Brust – wieder den Körper in den Armen, von dem er wild geträumt. Ein Schluchzen schäumt aus seiner Kehle, sein ganzes Sein ist gelöst in einen unerhörten Krampf, und er preßt diesen hohen, vollen Leib so herrisch an sich, daß von den fremden und stummen Lippen ein Stöhnen bricht. Und wie er sie unter seiner Kraft stöhnen fühlt, da weiß er zum erstenmal, daß er Herr ist über sie und nicht wie gestern, wie vorgestern die Beute ihrer Laune; ein Verlangen packt ihn, sie zu quälen für die Qual, die er durch hundert Stunden geschleppt, sie zu züchtigen für ihren Trotz, für diese verächtlichen Worte heute abend vor den andern, für das lügnerische Spiel ihres Lebens. Haß ist in seine brennende Liebe zu ihr so unlösbar verflochten, daß diese Umschlingung mehr ein Kampf ist als eine Zärtlichkeit. Er klemmt ihre schmalen Handgelenke, daß sich ihr ganzer keuchender Körper zitternd mitwindet, und reißt sie dann wieder so stürmisch an sich, daß sie sich nicht rühren kann und nur immer dumpf stöhnt, er weiß nicht, ob in Lust oder Schmerz. Aber kein Wort kann er ihr abzwingen. Wie er jetzt ihre Lippen mit den seinen saugend umpreßt, um auch noch dieses dumpfe Stöhnen zu verschließen, fühlt er eine warme Feuchte daran, Blut, rinnendes Blut, so sehr sind ihre Zähne in die Lippen verbissen gewesen. Und so quält er sie, bis er plötzlich selbst seine Kraft entrinnen spürt und die heiße Welle der Lust in ihm aufschießt, und nun keuchen sie beide, Brust an Brust. Flammen sind über Nacht gefallen, Sterne scheinen vor seinen Augen zu flirren, alles wird irr, die Gedanken kreisen wilder, und alles hat nur einen Namen: Margot. Dumpf, aus tiefster Seele in glühendstem Überschwall stößt er das Wort endlich heraus, Jubel und Verzweiflung, Sehnsucht, Haß, Zorn und Liebe zugleich, einen einzigen Schrei, der dreier Tage Qual in sich preßt: Margot, Margot, und in den zwei Silben schwingt für ihn die Musik der Welt.

Wie ein Schlag fährt es durch ihren Körper. Mit einem Male erstarrt das Ungestüm der Umschlingung, ein wilder, kurzer Stoß, ein Schluchzen, ein Weinen zuckt die Kehle heraus, und schon ist wieder Feuer in den Bewegungen, aber nur, um sich loszureißen, wie von verhaßter Berührung. Er versucht sie überrascht zu halten, aber sie ringt mit ihm, er fühlt beim Nahebiegen des Gesichtes Tränen des Zornes über ihre Wangen zittern und den schlanken Körper gebäumt wie eine Schlange. Und plötzlich wirft sie ihn mit einem erbitterten Stoß zurück und entflieht. Weiß flimmert der Schein ihres Kleides zwischen den Bäumen und ist schon ertrunken im Dunkel.

Und da steht er wieder allein, erschreckt und verwirrt, wie das erstemal, als die Wärme und Leidenschaft jäh aus seinen Armen stürzte. Vor seinen Blicken schimmern die Sterne feucht, und das Blut bohrt spitze Funken von innen an seine Stirne. Was ist ihm geschehen? Er tastet durch die sich lösende Reihe der Bäume tiefer in den Garten hinein, wo er weiß, daß die kleine Fontäne sprudelt, und läßt ihr Wasser sich über die Hand schmeicheln, weißes, silbernes Wasser, das ihm leise zumurmelt und wunderbar leuchtet im Widerschein des aus Wolken nun langsam wieder erwachenden Mondes. Und da faßt ihn, jetzt da sein Blick klarer wird, wunderbar, als hätte der laue Wind sie aus den Bäumen niedergeweht, eine wilde Traurigkeit. Tränenwarm quillt es aus seiner Brust, und nun stärker, klarer als in den Sekunden zuckender Umpressung fühlt er, wie sehr er Margot liebt. Alles, was bislang war, ist von ihm gesunken, der Rausch, Schauer und Krampf des Besitzes und der Zorn des verwehrten Geheimnisses: wehmutssüß und voll hält ihn die Liebe umfaßt, eine schon fast sehnsuchtslose, aber doch übermächtige Liebe.

Warum hat er sie so gequält? Hat sie ihm denn nicht

unsagbar viel gegeben in diesen drei Nächten, war nicht sein Leben aus einer trüben Dämmerung plötzlich in ein funkelndes und gefährliches Licht getreten, seit sie ihn die Zärtlichkeit lehrte und die wilden Schauer der Liebe? Und mit Tränen, im Zorn war sie von ihm gegangen! Ein unwiderstehliches, weiches Verlangen quillt in ihm auf nach einer Versöhnung, nach einem linden, ruhigen Wort, irgendwie ein Gelüst, sie wunschlos still im Arm zu halten und ihr zu sagen, wie dankbar er ihr sei. Ja, er will hingehen zu ihr, ganz in Demut, und will ihr sagen, wie rein er sie liebt und daß er nie wieder ihren Namen nennen will, nie eine verwehrte Frage erzwingen.

Silbern rauscht das Wasser, und er muß an ihre Tränen denken. Vielleicht ist sie jetzt ganz allein in ihrem Zimmer, sinnt er weiter, und nur diese flüsternde Nacht hört auf sie, die alle belauscht und keinen tröstet. Dieses Fern- und Nahesein zugleich von ihr, ohne einen Schimmer von ihrem Haar zu sehen, ein halbverwehtes Wort ihrer Stimme zu hören und doch verstrickt zu sein, Seele in Seele, wird ihm zur unerträglichen Qual. Und unwiderstehlich wird die Sehnsucht nach ihrer Nähe, und sei es nur vor ihrer Tür zu liegen wie ein Hund oder als Bettler zu stehen unter ihrem Fenster.

Wie er zaghaft aus dem Baumdunkel hinschleicht, sieht er von ihrem Fenster im ersten Stock noch Licht glänzen. Es ist ein matter Schein, kaum hellt sein gelbes Flimmern noch die Blätter des breiten Ahornbaumes, der seine Äste wie Hände pochend an das Fenster legen will und sich vorstreckt und wieder weicht im leisen Wind, ein dunkler, riesiger Lauscher vor der kleinen, blanken Scheibe. Der Gedanke, daß Margot hinter diesem blanken Glase wacht, daß sie vielleicht noch weint oder an ihn denkt, regt den Knaben so auf, daß er sich an den Baum lehnen muß, um nicht zu schwanken.

Wie gebannt starrt er hinauf. Die weißen Gardinen schaukeln, unruhig im Luftzug spielend, aus dem Dunkel heraus, scheinen bald tiefgolden in der innern Strahlung des warmen Lampenlichtes, bald silbern, wenn sie vorwehend an den Mondstreif rühren, der zwischen den runden Blättern durchsickert und flirrt. Und die nach innen gewandte Scheibe spiegelt dies bewegte Fließen von Schatten und Licht als loses Gewebe von lichten Reflexen. Aber dem Fiebernden, der jetzt mit heißen Augen vom Schattendunkel nach oben starrt, scheinen dunkle Runen des Geschehens auf die blanke Tafel geschrieben zu sein. Das Fließen der Schatten, das silbrige Glänzen, das wie zarter Rauch über die blanke Fläche weht, diese flüchtigen Wahrnehmungen füllt seine Phantasie zu zuckenden Bildern. Er sieht sie, Margot, hoch und schön, das Haar, oh, das wilde, blonde Haar, gelöst, seine eigene Unruhe im Blut auf- und niedergehn im Zimmer, sieht sie fiebernd in der Schwüle ihrer Leidenschaft, schluchzend im Zorn. Wie durch Glas sieht er jetzt durch die überhohen Wände die kleinsten ihrer Bewegungen, das Erbeben ihrer Hände, das Niedersinken auf einen Sessel und das stumme, verzweifelte Hinstarren in den sternenweißen Himmel. Er glaubt sogar, da die Scheibe für einen Augenblick sich erhellt, ihr Gesicht zu erkennen, das sie ängstlich heranbeugt, um in den schlummernden Garten niederzusehen, nach ihm zu sehen. Und da überwältigt ihn sein wildes Gefühl, verhalten und doch drängend, ruft er ihren Namen hinauf: Margot! . . . Margot!

War das nicht ein Huschen wie ein Schleier, weiß und schnell über die blanke Fläche? Deutlich glaubt er es gesehen zu haben. Er horcht. Aber nichts regt sich. Rückwärts schwillt der leise Atem der schlaftrunkenen Bäume und das seidige Knistern im Grase leise an vom trägen Wind, wird wieder ferner und wieder lauter, eine warme Woge, die leise verrauscht. Ruhig atmet die Nacht, und stumm steht das Fenster, ein silberner Rahmen um ein abgedunkeltes Bild. Hat sie ihn nicht gehört? Oder will sie ihn nicht mehr hören? Dieser zitternde Glanz um das Fenster macht ihn ganz wirr. Sein Herz schlägt das Verlangen hart aus der Brust heraus gegen die Rinde des Baumes, die zu zittern scheint vor so ungestümer Leidenschaft. Er weiß nur, daß er sie jetzt sehen, jetzt sprechen muß, und sollte er ihren Namen so rufen, daß die Leute kämen und andere vom Schlafe erwachten. Er fühlt jetzt, daß etwas geschehen müsse, das Unsinnigste scheint ihm erwünscht, wie im Traum alle Dinge leicht und erreichbar. Jetzt, da sein Blick noch einmal emporgreift zum Fenster, sieht er mit einemmal den hingelehnten Baum seinen Ast hinstrecken wie einen Wegweiser, und schon greift die Hand wilder um den Stamm. Plötzlich ist ihm alles klar: er muß da hinauf – der Stamm ist zwar breit, fühlt sich aber weich und geschmeidig an – und von oben sie rufen, eine Spanne nur von ihrem Fenster; dort, ihr nahe, will er dann mit ihr sprechen und nicht eher wieder niedersteigen, ehe sie ihm nicht vergeben hat. Keine Sekunde überlegt er, nur das Fenster sieht er lockend und leise glänzen und spürt den Baum an seiner Seite, stämmig und bereit, ihn zu tragen. Ein paar rasche Griffe, ein Schwung jetzt noch hinauf, und schon hängen seine Hände an einem Ast und ziehen den Körper energisch nach. Und jetzt hängt er oben, fast ganz oben im Blattwerk, das unter ihm entsetzt schwankt. Bis in die letzten Blätter rieselt dieses wellig schauernde Rauschen, und stärker beugt sich der vorgelehnte Ast an das Fenster, als wollte er die Ahnungslose warnen. Der Kletternde sieht jetzt schon die weiße Decke des Zimmers und in ihrer Mitte golden funkelnd den Lichtkreis der Lampe. Und er weiß, leise zitternd vor Erregung, im nächsten Augenblicke wird er sie selbst sehen, weinend oder still schluchzend oder in der nackten Begierde ihres Körpers. Seine Arme werden schlaff, aber er faßt sich wieder. Langsam gleitet er den Ast hinab, der ihrem Fenster zugewandt ist, die Knie bluten ihm leicht, die Hand hat sich aufgerissen, aber er klimmt weiter und ist schon fast angestrahlt vom nahen Schein des Fensters. Ein breites Gebüschel von Blättern umhängt noch die Aussicht, den so sehr ersehnten letzten Blick, und wie er jetzt die Hand hebt, um ihn beiseite zu streifen, und schon der Lichtstrahl blank auf ihn fällt, wie er sich vorbeugt und bebt – schwankt sein Körper, verliert das Gleichgewicht, und wirbelnd stürzt er hinab.

Ein leiser dumpfer Schlag fällt auf den Rasen wie von einer schweren Frucht. Oben beugt sich, beunruhigt blickend, eine Gestalt zum Fenster hinaus, aber das Dunkel ist reglos und still wie ein Teich, der einen Ertrinkenden in seine Flut genommen. Bald löscht oben das Licht, und der Garten geistert wieder im unsichern Dämmerglanz über den schweigenden Schatten.

Nach ein paar Minuten erwacht der Gestürzte aus seiner Betäubung. Sein Blick starrt eine Sekunde lang fremd nach oben, wo ein blasser Himmel mit ein paar irren Sternen kalt auf ihn niedersieht. Aber dann fühlt er einen jäh zuckenden, furchtbaren Schmerz im rechten Fuß, einen Schmerz, der ihn fast aufschreien läßt bei der ersten leisen Bewegung, die er jetzt versucht. Da weiß er plötzlich, was ihm geschehen ist. Und weiß auch, er darf hier nicht liegen bleiben unter

Margots Fenster, darf keinen um Hilfe bitten, nicht rufen oder sich laut bewegen. Von der Stirne tropft Blut, er muß im Rasen auf einen Kiesel oder ein Holzstück hingeschlagen haben, aber das wischt er mit der Hand weg, nur so, daß es ihm nicht über die Augen rinnt. Und dann versucht er, ganz auf die linke Seite gekrümmt, mit den in die Erde sich tief einkrallenden Händen langsam sich vorwärtszuziehen. Jedesmal, wenn das gebrochene Bein berührt oder nur erschüttert wird, zuckt ein Schmerz auf, daß er fürchtet, wieder ohnmächtig zu werden. Aber langsam schleift er sich weiter, eine halbe Stunde fast bis zur Treppe hin, und schon fühlt er seine Arme lahm werden. Kalter Schweiß mischt sich auf seiner Stirne mit dem zäh niedertröpfelnden Blute: das Letzte, das Ärgste ist noch zu überwinden, die Treppe, die er sich ganz langsam, unter wildesten Schmerzen hinaufquält. Wie er jetzt oben ist und das Geländer zitternd faßt, röchelt sein Atem. Wenige Schritte schleppt er sich noch zur Tür des Spielsaals hin, wo er Stimmen hört und Licht blinken sieht. An der Klinke zerrt er sich empor, und plötzlich, wie geschleudert, stürzt er mit der nachgebenden Tür in das hellerleuchtete Zimmer. Furchtbar muß sein Anblick sein, wie er da hereinstürzt, Blut über dem Gesicht, mit Erde beschmiert und sofort wie ein Klumpen zu Boden fallend, denn die Herren springen wild auf, Stühle poltern übereinander, alles drängt hin, um ihm zu helfen. Vorsichtig

trägt man ihn auf das Sofa. Er kann noch gerade etwas lallen, er sei die Treppe hinabgestürzt, wie er in den Park gehen wollte, dann fallen plötzlich schwarze Schleifen vor seinen Augen nieder, zittern hin und her und umwinden ihn ganz, daß seine Sinne schwinden und er von nichts mehr weiß.
Ein Pferd wird gesattelt, und einer reitet in den nächsten Ort um einen Arzt. Gespenstig belebt sich das aufgeschreckte Schloß: Lichter zittern wie Johanniskäfer in den Gängen auf, Stimmen flüstern und fragen aus den Türen heraus, die Diener kommen scheu und schlaftrunken, und endlich trägt man den Ohnmächtigen hinauf in sein Zimmer.
Der Arzt konstatiert einen Beinbruch und beruhigt alle, daß keine Gefahr sei. Nur lange müsse der Verunglückte reglos liegen bleiben im Verband. Wie man es dem Knaben sagt, lächelt er matt. Es trifft ihn nicht schwer. Denn es ist schön so zu liegen, lange allein, ohne Lärm und Menschen, in einem hellen, hohen Zimmer, an das die Bäume mit den Wipfeln heranrauschen, wenn man träumen will von einer, die man liebt. Es ist süß, alles so in Ruhe zu überdenken, leise Träume zu träumen von der einen, ungestört zu sein von allen Verrichtungen und Pflichten, traulich allein mit diesen zarten Traumbildern, die an das Bett treten, wenn man die Lider für einen Augenblick schließt. Die Liebe hat vielleicht keine stillschöneren Augenblicke als die dieser blassen, dämmernden Träume.

Noch ist der Schmerz stark in den ersten Tagen. Aber es ist ihm eine eigentümliche Wollust beigemengt. Der Gedanke, daß er um Margots, um der Geliebten willen, den Schmerz erlitten habe, gibt dem Knaben ein sehr romantisches und fast überschwengliches Selbstgefühl. Er hätte gerne eine Wunde gehabt, denkt er sich, blutrot über das Gesicht, daß er sie stet und offen hätte tragen können wie ein Ritter die Farben seiner Dame; oder es wäre schön gewesen, überhaupt nicht mehr zu erwachen, sondern unten liegen zu bleiben, zerschmettert vor ihrem Fenster. Und schon träumt er weiter, wie sie dann morgens erwacht, weil Stimmen unter ihrem Fenster lärmen und durcheinander rufen, wie sie sich neugierig niederbeugt und ihn sieht, ihn, unter ihrem Fenster zerschmettert, um ihretwillen gestorben. Und er sieht, wie sie niederbricht mit einem Schrei; er hört diesen gellenden Schrei in seinen Ohren, sieht dann ihre Verzweiflung, ihren Kummer, sieht sie ein ganzes verstörtes Leben lang in schwarzem Kleid düster und ernst gehen, ein leises Zucken um die Lippen, wenn die Leute sie fragen nach ihrem Schmerz.

So träumt er tagelang, zuerst nur im Dunkeln, dann auch schon mit offenen Augen, bald gewöhnt an das wohlige Erinnern des lieben Bildes. Keine Stunde ist zu licht oder zu laut, daß nicht ihr Bild, als lichter Schatten an den Wänden vorbeischleichend, zu ihm käme oder draußen ihre Stimme sich ihm löste vom tröpfelnden Rinnen der Blätter und dem Knistern des Sandes im scharfen Sonnenschein. Stundenlang spricht er so mit Margot oder träumt sich mit ihr auf Reisen und wunderbaren Fahrten. Manchmal aber wacht er wie verstört von diesen Träumereien auf. Würde sie wirklich um ihn trauern? Würde sie sich seiner überhaupt entsinnen?

Freilich: sie kommt manchmal den Kranken besuchen. Oft wenn er mit ihr in Gedanken spricht und ihr helles Bild vor ihm zu stehen scheint, geht die Tür auf, und sie tritt herein, hoch und schön, aber doch so anders wie das Wesen der Träume. Denn nicht mild ist sie und beugt sich auch nicht erregt nieder, um seine Stirn zu küssen, wie die Margot der Träume, sondern sie setzt sich nur hin zu seinem Strecksessel, fragt, wie es ihm ginge, ob er Schmerzen habe, und erzählt ihm ein paar bunte Dinge. So süß erschreckt und verwirrt ist er immer von ihrer Gegenwart, daß er sie gar nicht anzusehen wagt; oft schließt er die Lider, um ihre Stimme besser zu hören, das Tönen ihrer Worte tiefer in sich zu saugen, diese eigene Musik, die dann noch durch Stunden schwingend um ihn schwebt. Er antwortet ihr zögernd, denn er liebt das Schweigen zu sehr, wenn er nur ihren Atem vernimmt und so im tiefsten das Alleinsein mit ihr im Raum, im Weltenraume spürt. Und wenn sie dann aufsteht und sich zur Türe wendet, reckt er sich, trotz des Schmerzes, mühsam auf, um noch einmal alle Linien ihrer bewegten

Gestalt in sich einzuzeichnen, sie noch einmal lebend zu umfassen, eh sie wieder in die unsichere Wirklichkeit seiner Träume stürzt.
Jeden Tag fast kommt ihn Margot besuchen. Aber kommt nicht Kitty auch und Elisabeth, die kleine Elisabeth, die ihn sogar immer so erschreckt ansieht und mit so milder, besorgter Stimme fragt, ob ihm noch nicht besser sei? Sieht nicht seine Schwester täglich nach ihm, und die andern Frauen, sind sie denn nicht eigentlich alle gleich herzlich zu ihm? Bleiben Sie nicht auch bei ihm und erzählen ihm bunte Geschichten? Viel zu lange sogar bleiben sie, denn sie scheuchen ihm mit ihrer Gegenwart die verträumten Sinne fort, wecken sie auf von ihrer sinnenden Ruhe und treiben sie zu gleichgültigen Gesprächen und dummen Phrasen. Er wollte, sie kämen alle nicht und nur Margot käme allein, eine Stunde nur, ein paar Minuten bloß, und dann bliebe er wieder einsam, um von ihr zu träumen, ungestört, unbehelligt, leise froh, wie von linden Wolken getragen, ganz in sich gewandt zu den tröstlichen Bildern seiner Liebe.
Manchmal darum, wenn er eine Hand an der Klinke hört, schließt er die Lider und stellt sich schlafend. Dann schleichen die Besucher auf den Zehen hinaus, er hört die Klinke sich zögernd schließen und weiß, jetzt kann er sich wieder in die laue Flut seiner Träume badend stürzen, sanft von ihnen den lockendsten Fernen zugetragen.

Und einmal nun geschieht ihm dies: Margot war schon bei ihm gewesen, ganz kurz bloß, aber sie hatte ihm den vollen Duft des Gartens mit ihrem Haar gebracht, das schwüle Quellen aufgeblühten Jasmins und das heiße Funkeln der Augustsonne in ihren Augen. Nun, wußte er, durfte er sie nicht nochmals für heute erwarten. Ein langer, heller Nachmittag würde das nun werden, leuchtend in süßer Träumerei, denn keiner wird ihn mehr stören: alle sind sie ja fortgeritten. Und wie sich nun die Türe wieder zaghaft rührt, klemmt er die Augen zu und heuchelt Schlaf. Aber die Eintretende – ganz deutlich hört er es in dem atemstillen Zimmer – tritt nicht wieder zurück, sondern schließt geräuschlos, um ihn nicht zu wecken, die Türe. Und jetzt mit sorgsamen, kaum den Boden anstreifenden Schritten schleicht sie zu ihm heran. Leise hört er ein Kleid rauschen und wie sie sich neben sein Lager setzt. Und purpurn brennend fühlt er durch die geschlossenen Augen ihren Blick über sein Gesicht streifen.
Sein Herz fängt an unruhig zu pochen. Ist es Margot? Sicherlich. Er fühlt es, aber doch ist es süßer, wilder, erregender, ein heimlicher, lüsterner Reiz, die Augen jetzt nicht aufzuschlagen und sie nur neben sich zu ahnen. Was wird sie tun? Endlos scheinen ihm die Sekunden. Sie sieht ihn nur immer an, belauscht seinen Schlaf, und das prickelt elektrisch durch seine Poren, dieses unbehagliche und doch berauschende Bewußt-

sein, wehrlos, blind ihrer Betrachtung hingegeben zu sein, zu wissen, daß, wenn er jetzt die Augen aufschlüge, sie jäh wie ein Mantel Margots erschrecktes Gesicht einhüllen würden in ihre Zärtlichkeit. Aber er regt sich nicht, dämpft nur den Atem, der unruhig und stoßend wird in der zu engen Brust, und wartet, wartet.

Nichts geschieht. Ihm ist nur, als ob sie sich tiefer niederbeugte zu ihm, als ob er diesen leisen Duft, diesen feuchten, leisen Fliederduft, den er von ihren Lippen kennt, näher an seinem Antlitz fühle. Und jetzt – wie eine heiße Welle stürzt von dort sein Blut in den ganzen Körper – hat sie ihre Hand auf sein Lager gelegt und streift leise über der Decke seinen Arm entlang, ruhige, ganz behutsame Striche, die er magnetisch fühlt und denen das Blut immer wild nachrinnt. Wunderbar ist das Gefühl dieser leisen Zärtlichkeit, berauschend und aufstachelnd zugleich.

Langsam, fast rhythmisch, streift noch immer ihre Hand seinen Arm entlang. Da blinzelt er heimlich zwischen den Lidern empor. Zuerst dämmert es nur purpurn rot, eine Wolke von unruhigem Licht, dann nimmt er die dunkel gesprenkelte Decke wahr, die über seinen Körper gebreitet ist, und jetzt, als käme sie weit von fern, die streichelnde Hand; ganz, ganz dämmerig sieht er sie, nur ein weißes, schmales Leuchten, das heranbricht wie eine helle Wolke und wieder weicht. Immer mehr schiebt er den Spalt der Lider auf.

Und jetzt erkennt er sie deutlich, die Finger, weiß und glänzend wie Porzellan, sieht, wie sie sanft gekrümmt vorwärtsstreifen und dann wieder zurück, tändelnd, aber doch voll innerer Lebendigkeit. Wie Fühler kriechen sie heran und ziehen sich wieder zurück, und er empfindet in diesem Augenblick die Hand auch als etwas Eigenes und Belebtes, wie eine Katze, die sich an ein Kleid anschmiegt, wie eine kleine, weiße Katze, die mit eingezogenen Krallen sich verliebt schnurrend an einen heranmacht, und er erstaunte nicht, wenn plötzlich ihre Augen zu funkeln begännen. Und wirklich: glänzt da nicht in diesem weißen Heranstreifen blinkender Blick? Nein: es ist nur ein Glanz von Metall, ein Schimmer von Gold. Aber jetzt, wie die Hand wieder vorstreift, sieht er ihn deutlich, es ist das Medaillon, das von dem Armband niederzittert, das geheimnisvolle, verräterische Medaillon, achteckig und pennygroß. Es ist Margots Hand, die seinen Arm liebkost, und das Verlangen zuckt in ihm auf, diese leise, weiße, unberingte, nackte Hand an seine Lippen zu reißen und zu küssen. Aber da fühlt er ihren Atem gehen, spürt Margots Gesicht ganz nahe dem seinen, und da kann er seine Lider nicht länger niederpressen, und beglückt, strahlend schlägt er den Blick auf in das nahe Gesicht, das erschreckt auffährt und zurückweicht.

Und da, wie die Schatten des niedergebeugten Antlitzes auffliegen und die Helle über die erregten Züge hinfließt, erkennt er – und wie ein Schlag zuckt es durch seine Glieder – Elisabeth, Margots Schwester, die junge, seltsame Elisabeth. War das ein Traum? Nein, er starrt in das jetzt von rascher Röte überflogene Gesicht, das die Augen ängstlich wegwendet: es ist Elisabeth. Mit einem Male ahnt er den furchtbaren Irrtum, sein Blick fährt gierig herab zu ihrer Hand, und wirklich, das Medaillon ist daran.

Vor seinen Augen beginnen Schleier zu kreisen. Ganz wie damals fühlt er, da ihn die Ohnmacht hinwarf, aber er preßt die Zähne zusammen, er will nicht die Gedanken verlieren. Blitzartig fliegt alles vorbei, eingepreßt in die eine Sekunde, das Staunen, der Hochmut Margots, das Lächeln Elisabeths, dieser seltsame Blick, der ihn anrührte wie eine verschwiegene Hand – nein, nein, da war kein Irrtum möglich.

Eine einzige leise Hoffnung zuckt in ihm auf. Er starrt auf das Medaillon hin, vielleicht hat es Margot ihr geschenkt, heute oder gestern oder damals.

Aber da spricht schon Elisabeth zu ihm. Dieses fiebernde Nachdenken muß seine Züge verzerrt haben, denn sie fragt ihn ängstlich: »Hast du Schmerzen, Bob?«

Wie doch ihre Stimmen ähnlich sind, denkt er. Und antwortet nur gedankenlos. »Ja, ja ... das heißt, nein ... es geht mir ganz gut!«

Es wird wieder eine Stille. Wie eine heiße Welle kommt der Gedanke immer wieder: vielleicht hat es

Margot ihr nur geschenkt. Er weiß, daß es nicht wahr sein kann, aber er muß sie fragen.
»Was hast du da für ein Medaillon?«
»Ach, irgendeine Münze von einer amerikanischen Republik, ich weiß gar nicht von welcher. Onkel Robert hat sie uns einmal gebracht.«
»Uns?«
Er hält den Atem an. Jetzt muß sie es sagen.
»Margot und mir. Kitty wollte sie nicht. Ich weiß nicht warum.«
Er fühlt, wie etwas Feuchtes in seine Augen quillt. Vorsichtig legt er den Kopf zur Seite, daß Elisabeth nicht die Träne sieht, die jetzt schon ganz nahe an den Lidern sein muß, die sich nicht zurückzwingen läßt und die jetzt ganz, ganz langsam über die Wange rollt. Er möchte etwas sagen, hat aber Angst vor seiner Stimme, daß sie sich biegen könnte unter dem steigenden Druck des Schluchzens. Beide schweigen sie, einer den andern ängstlich belauernd. Dann steht Elisabeth auf. »Ich gehe jetzt, Bob. Gute Besserung.« Er schließt die Augen, und dann knarrt die Tür leise zu.
Wie eine aufgeschreckte Taubenschar flattern jetzt die Gedanken auf. Jetzt erst begreift er das Ungeheure des Mißverständnisses, Scham und Ärger über seine Torheit packt ihn, aber gleichzeitig auch ein wilder Schmerz. Er weiß nun, daß ihm Margot auf immer verloren ist, aber er spürt, daß er sie unverändert liebt, jetzt vielleicht noch mit jener verzweifelten Sehnsucht

nach dem Unerreichbaren. Und Elisabeth – wie im Zorn stößt er ihr Bild von sich, denn all die Hingabe und die jetzt so gedämpfte Glut ihrer Leidenschaft können ihm nicht mehr so viel sein wie ein Lächeln Margots oder ihre Hand, wenn sie ihn einmal nur leise anrühren wollte. Hätte Elisabeth damals sich ihm gezeigt, er hätte sie geliebt, denn in jenen Stunden war er ja noch kindhaft in seiner Leidenschaft, aber jetzt hat sich in den tausend Träumen der Name Margots zu tief in ihn eingebrannt, als daß er ihn weglöschen könnte aus seinem Leben.

Er fühlt, wie es dunkler wird vor seinen Augen, wie das unablässige Sinnen allmählich in Tränen verschwimmt. Vergebens müht er sich wie in all den Tagen der Krankheit, in den langen einsamen Stunden Margots Bild vor den Blick zu zaubern: immer drängt sich gleich einem Schatten Elisabeth dazu mit ihren tiefen sehnsüchtigen Augen, und dann verwirrt sich alles, und er muß wieder qualvoll allem nachsinnen, wie es gekommen ist. Und da faßt ihn Scham, wenn er denkt, daß er vor dem Fenster Margots gestanden und ihren Namen gerufen hatte, und wieder Mitleid mit der stillen, blonden Elisabeth, für die er nie ein Wort gehabt hatte oder einen Blick in all den Tagen, da seine Dankbarkeit doch hätte ausstrahlen müssen wie ein Feuer.

Am andern Morgen tritt dann Margot für einen Augenblick an sein Lager. Er schauert vor ihrer Nähe und wagt ihr nicht in die Augen zu sehen. Was sagt sie zu ihm? Er hört es kaum, das wilde Sausen in seinen Schläfen ist lauter als ihre Stimme. Erst wie sie von ihm geht, umfaßt er wieder sehnsüchtig mit dem Blick ihre ganze Gestalt. Er fühlt: nie hat er sie mehr geliebt.

Nachmittags kommt Elisabeth. Sie hat eine leise Vertraulichkeit in ihren Händen, die manchmal an die seinen streifen, und ihre Stimme ist sehr leise, ein wenig umflort. Sie redet mit einer gewissen Angst von gleichgültigen Dingen, als fürchte sie, sich verraten zu müssen, spräche sie von sich oder von ihm. Er weiß nicht recht, was er für sie empfindet. Manchmal wie Mitleid, manchmal wie Dankbarkeit für ihre Liebe spürt er es in sich, aber er könnte ihr nichts sagen. Er wagt kaum, sie anzusehen, aus Furcht, sie zu belügen.

Jeden Tag kommt sie jetzt und bleibt auch länger. Es ist, als ob seit jener Stunde, da das Geheimnis zwischen ihnen aufdämmerte, auch die Unsicherheit verlorengegangen wäre. Aber doch wagen sie nie davon zu reden, von diesen Stunden im Dunkel des Gartens.

Einmal sitzt Elisabeth wieder an seinem Lehnsessel. Es ist helle Sonne draußen, ein grüner Reflex von den wehenden Wipfeln zittert an den Wänden. Ihr Haar scheint in solchen Augenblicken ganz feurig wie brennende Wolken, ihre Haut blaß und durchsichtig, ihr

ganzes Wesen leuchtend und irgendwie leicht. Von seinem Kissen aus, wo ein Schatten liegt, sieht er ihr Gesicht nah lächeln und sieht es doch so ferne, weil es strahlt von dem Licht, das ihn nicht mehr erreicht. Alles Geschehene vergißt er bei diesem Anblick. Und wie sie sich hinbeugt zu ihm, daß ihre Augen tiefer zu werden scheinen und als dunkle Spiralen nach innen zu laufen, wie sie sich vorneigt, da faßt sein Arm ihren Leib, beugt ihren Kopf nah zu sich herab, und er küßt sie auf den schmalen feuchten Mund. Sie zittert sehr, widerstrebt aber nicht, sondern streift nur leise traurig mit der Hand ihm übers Haar. Und sagt dann ganz verhauchend, mit einer zärtlichen Traurigkeit in der Stimme: »Du liebst ja doch nur Margot.« Bis an sein Herz fühlt er den hingebenden Ton, diese leise widerstandslose Verzweiflung, bis in die Seele den Namen, der ihn so sehr erschüttert. Aber er wagt nicht zu lügen in dieser Minute. Er schweigt.
Sie küßt ihm noch einmal ganz leicht, fast schwesterlich die Lippen, dann geht sie ohne ein Wort hinaus.
Das ist das einzige Mal, daß sie davon sprechen. Ein paar Tage noch, und dann führen Sie den Genesenden hinab in den Garten, wo schon die ersten falben Blätter sich über dem Weg nachjagen und der verfrühte Abend bereits an die Melancholie des Herbstes erinnert. Und wieder ein paar Tage, und er geht schon mühsam allein und nun zum letztenmal für dieses Jahr unter dem bunten Geflecht der Bäume, die jetzt lauter

und unwilliger reden im schaukelnden Winde, als damals in jenen drei lauen Sommernächten. Wehmütig geht der Knabe hin zu jener Stelle. Ihm ist, als stände hier unsichtbar eine dunkle Mauer aufgerichtet, hinter der rückwärts, ganz verschwommen schon im Dämmern, seine Kindheit läge und vor ihm ein andres Land, fremd und gefährlich.

Abends nahm er Abschied, sah noch einmal in Margots Gesicht tief hinein, als müßte er es für sein Leben in sich trinken, legte seine Hand unruhig in die Elisabeths, die warm und drängend die seine umschloß, sah an Kitty, an den Freunden und an seiner Schwester fast vorbei, so voll war seine Seele von der Empfindung, daß er die eine liebte und die andere ihn. Sehr blaß war er und irgendein herber Zug auf seinem Gesicht, der ihn nicht mehr wie einen Knaben scheinen ließ. Zum ersten Male sah er aus wie ein Mann.

Und doch, als dann die Pferde anzogen und er sah, wie Margot sich gleichgültig abwandte, um die Treppe hinaufzugehn, und wie über Elisabeths Augen plötzlich ein feuchter Glanz lief und sie sich anhielt an dem Geländer, da kam die Fülle des neuen Erlebens so ganz über ihn, daß er sich seinen Tränen ungestüm hingab wie ein Kind.

Immer ferner leuchtete das Schloß, immer kleiner schien zwischen dem aufquellenden Staub des Wagens der dunkle Garten zu werden, immer weiter die Landschaft, und schließlich war all das, was er erlebt hatte, unsichtbar hinter seinem Blick und nur mehr drängende Erinnerung. Zwei Stunden Fahrt führten ihn zur nahen Station. Und am nächsten Morgen war er in London.

Ein paar Jahre noch, und er war kein Knabe mehr. Aber jenes erste Erlebnis war zu heftig in ihm lebendig geworden, um je wieder zu welken. Margot und Elisabeth hatten beide geheiratet, aber er wollte sie nicht mehr wiedersehen, denn die Erinnerungen an jene Stunden überkamen ihn manchmal mit solch ungestümer Kraft, daß sein ganzes späteres Leben ihm nur Traum und Schein schien gegen die Wirklichkeit dieser Erinnerung. Er ist einer jener Menschen geworden, die kein Verhältnis mehr zur Liebe und zu den Frauen finden können; denn ihn, der in einer Sekunde seines Lebens beide Empfindungen, die der Liebe und des Geliebtseins, so voll vereinigt hatte, drängte keine Sehnsucht mehr, zu suchen, was ihm so früh schon in seine zitternden, ängstlich nachgebenden Knabenhände gefallen war. Durch viele Länder ist er gereist, einer jener korrekten stillen Engländer, die viele für gefühllos halten, weil sie so schweigsam sind und weil ihr Blick kühl an den Gesichtern der Frauen und an ihrem Lächeln vorübergeht. Denn wer denkt, daß sie die Bilder, auf die ihr Blick stets geheftet ist, innen, verflochten ihrem Blute tragen, das stets um sie lodert wie ein ewiges Licht vor dem Bilde der Madonna? Und jetzt weiß ich auch, wie diese Geschichte zu mir kam.

In dem Buch, darin ich heute nachmittag gelesen, war auch eine Karte gelegen, eine Karte, die mir ein Freund aus Kanada schrieb. Es ist ein junger Engländer, den ich einmal auf einer Reise kennenlernte, mit dem ich oftmals an langen Abenden sprach und in dessen Reden manchmal geheimnisvoll wie ferne Standbilder die Erinnerung an zwei Frauen aufleuchtete, die mit einem Augenblick seiner Jugend dauernd vereint waren. Es ist lange her, sehr lange, daß ich mit ihm sprach, und ich hatte auch wohl die Gespräche von damals schon vergessen. Aber heute, als ich die Karte empfing, stieg die Erinnerung, mit allerlei eigenem Erlebnis träumerisch vermengt, wieder auf, und mir war, als hätte ich seine Geschichte in dem Buche gelesen, das mir aus den Händen glitt, oder hätte sie gefunden in einem Traume. –

Aber wie dunkel ist es geworden im Zimmer, und wie ferne bist du mir nun in dieser tiefen Dämmerung! Ich sehe nur einen zarten hellen Schimmer dort, wo ich dein Antlitz ahne, und ich weiß nicht, ob du lächelst oder traurig bist. Ob du lächelst, weil ich mir seltsame Geschehnisse erfinde für Menschen, die ich flüchtig kannte, ganze Schicksale träume und sie dann wieder ruhig zurückgleiten lasse in ihr Leben und ihre Welt? Oder bist du traurig um dieses Knaben willen, der an der Liebe vorbeiging und sich in einer Stunde für immer aus dem Garten dieses süßen Traumes verlor? Sieh, ich wollte es nicht, daß diese Geschichte wehmütig sei und dunkel, ich wollte dir nur von einem Knaben erzählen, den plötzlich die Liebe überfiel, die eigene und die einer andern. Aber die Geschichten, die man des Abends erzählt, wandern alle in die leise Straße der Wehmut hinein. Die Dämmerung senkt sich auf sie mit ihren Schleiern, all die Trauer, die im Abend ruht, wölbt sich sternenlos über sie, das Dunkel sickert in ihr Blut, und all die hellen und bunten Worte, die sie tragen, haben dann einen so vollen und schweren Klang, als kämen sie aus unserm eigensten Leben.

# DIE GOUVERNANTE

Die beiden Kinder sind nun allein in ihrem Zimmer. Das Licht ist ausgelöscht. Dunkel liegt zwischen ihnen, nur von den Betten her kommt ein leiser weißer Schimmer. Ganz leise atmen die beiden, man möchte glauben, sie schliefen.
»Du!« sagt da eine Stimme. Es ist die Zwölfjährige, die leise, fast ängstlich, in das Dunkel hinfragt.
»Was ist's?« antwortet vom anderen Bett die Schwester. Ein Jahr nur ist sie älter.
»Du bist noch wach. Das ist gut. Ich ... ich möchte dir gern etwas erzählen ...«
Keine Antwort kommt von drüben. Nur ein Rascheln im Bett. Die Schwester hat sich aufgerichtet, erwartend blickt sie herüber, man kann ihre Augen funkeln sehen.
»Weißt du ... ich wollte dir sagen ... Aber sag du mir zuerst, ist dir nicht etwas aufgefallen in den letzten Tagen an unserm Fräulein?«
Die andere zögert und denkt nach. »Ja«, sagt sie dann, »aber ich weiß nicht recht, was es ist. Sie ist nicht mehr so streng. Letzthin habe ich zwei Tage keine Aufgaben gemacht, und sie hat mir gar nichts gesagt. Und dann ist sie so, ich weiß nicht wie. Ich glaube, sie kümmert sich gar

nicht mehr um uns, sie setzt sich immer abseits und spielt nicht mehr mit, so wie früher.«

»Ich glaube, sie ist sehr traurig und will es nur nicht zeigen. Sie spielt auch nie mehr Klavier.«

Das Schweigen kommt wieder.

Da mahnt die Ältere: »Du wolltest etwas erzählen.«

»Ja, aber du darfst es niemandem sagen, wirklich niemandem, der Mama nicht und nicht deiner Freundin.«

»Nein, nein!« Sie ist schon ungeduldig. »Was ist's also!«

»Also ... jetzt, wie wir schlafen gegangen sind, ist mir plötzlich eingefallen, daß ich dem Fräulein nicht ›Gute Nacht!‹ gesagt habe. Die Schuhe hab ich schon ausgezogen gehabt, aber ich bin doch hinüber in ihr Zimmer, weißt du, ganz leise, um sie zu überraschen. Ganz vorsichtig mach ich also die Tür auf. Zuerst habe ich geglaubt, sie ist nicht im Zimmer. Das Licht hat gebrannt, aber ich hab sie nicht gesehn. Da plötzlich – ich bin furchtbar erschrocken – hör ich jemand weinen und seh auf einmal, daß sie ganz angezogen auf dem Bett liegt, den Kopf in den Kissen. Geschluchzt hat sie, daß ich zusammengefahren bin. Aber sie hat mich nicht bemerkt. Und da hab ich die Tür ganz leise wieder zugemacht. Einen Augenblick hab ich stehen bleiben müssen, so hab ich gezittert. Da kam es noch einmal ganz deutlich durch die Tür, dieses Schluchzen, und ich bin rasch heruntergelaufen.«

Sie schweigen beide. Dann sagt die eine ganz leise: »Das arme Fräulein!« Das Wort zittert hin ins Zimmer wie ein verlorener dunkler Ton und wird wieder still.
»Ich möchte wissen, warum sie geweint hat«, fängt die Jüngere an. »Sie hat doch mit niemand Zank gehabt in den letzten Tagen, Mama läßt sie endlich auch in Ruh mit ihren ewigen Quälereien, und wir haben ihr doch sicher nichts getan. Warum weint sie dann so?«
»Ich kann es mir schon denken«, sagt die Ältere.
»Warum, sag mir, warum?«
Die Schwester zögert. Endlich sagt sie: »Ich glaube, sie ist verliebt.«
»Verliebt?« Die Jüngere zuckt nur so auf. »Verliebt? In wen?«
»Hast du gar nichts bemerkt?«
»Doch nicht in Otto?«
»Nicht? Und er nicht in sie? Warum hat er denn, der jetzt schon drei Jahre bei uns wohnt und studiert, uns nie begleitet und jetzt seit den paar Monaten auf einmal täglich? War er je nett zu mir oder zu dir, bevor das Fräulein zu uns kam? Den ganzen Tag ist er jetzt um uns herum gewesen. Immer haben wir ihn zufällig getroffen, zufällig, im Volksgarten oder Stadtpark oder Prater, wo immer wir mit dem Fräulein waren. Ist dir denn das nie aufgefallen?«
Ganz erschreckt stammelt die Kleine:
»Ja . . . ja, natürlich hab ich's bemerkt. Ich hab nur immer gedacht, es ist . . .«

Die Stimme schlägt ihr um. Sie spricht nicht weiter.
»Ich hab es auch zuerst geglaubt, wir Mädchen sind ja immer so dumm. Aber ich habe noch rechtzeitig bemerkt, daß er uns nur als Vorwand nimmt.«
Jetzt schweigen beide. Das Gespräch scheint zu Ende. Beide sind in Gedanken oder schon in Träumen.
Da sagt noch einmal die Kleine ganz hilflos aus dem Dunkel: »Aber warum weint sie dann wieder? Er hat sie doch gern. Und ich hab mir immer gedacht, es muß so schön sein, wenn man verliebt ist.«
»Ich weiß nicht«, sagt die Ältere ganz träumerisch, »ich habe auch geglaubt, es muß sehr schön sein.«
Und einmal noch, leise und bedauernd, von schon schlafmüden Lippen weht es herüber: »Das arme Fräulein!«
Und dann wird es still im Zimmer.

Am nächsten Morgen reden sie nicht wieder davon, und doch, eine spürt es von der andern, daß ihre Gedanken das gleiche umkreisen. Sie gehen aneinander vorbei, weichen sich aus, aber doch begegnen sich unwillkürlich ihre Blicke, wenn sie beide von der Seite die Gouvernante betrachten. Bei Tisch beobachten sie Otto, den Cousin, der seit Jahren im Hause lebt, wie einen Fremden. Sie reden nicht mit ihm, aber unter den gesenkten Lidern schielen sie immer hin, ob er sich mit ihrem Fräulein verständige. Eine Unruhe ist in beiden. Sie spielen heute nicht, sondern tun in ihrer

Nervosität, hinter das Geheimnis zu kommen, unnütze und gleichgültige Dinge. Abends fragt nur die eine, kühl, als ob es ihr gleichgültig sei: »Hast du wieder etwas bemerkt?« – »Nein«, sagt die Schwester und wendet sich ab. Beide haben irgendwie Angst vor einem Gespräch. Und so geht es ein paar Tage weiter, dieses stumme Beobachten und im Kreise Herumspüren der beiden Kinder, die unruhig und unbewußt sich einem funkelnden Geheimnis nahe fühlen.
Endlich, nach ein paar Tagen, merkt die eine, wie bei Tisch die Gouvernante Otto leise mit den Augen zuwinkt. Er nickt mit dem Kopf Antwort. Das Kind zittert vor Erregung. Unter dem Tisch tastet sie leise an die Hand der älteren Schwester. Wie die sich ihr zuwendet, funkelt sie ihr mit den Augen entgegen. Die versteht sofort die Geste und wird auch unruhig.
Kaum daß sie aufstehn von der Mahlzeit, sagt die Gouvernante zu den Mädchen: »Geht in euer Zimmer und beschäftigt euch ein bißchen. Ich habe Kopfschmerzen und will für eine halbe Stunde ausruhen.« Die Kinder sehen nieder. Vorsichtig rühren sie sich an mit den Händen, wie um sich gegenseitig aufmerksam zu machen. Und kaum ist die Gouvernante fort, so springt die Kleinere auf die Schwester zu: »Paß auf, jetzt geht Otto in ihr Zimmer.«
»Natürlich! Darum hat sie uns doch hineingeschickt!«
»Wir müssen vor der Tür horchen!«
»Aber wenn jemand kommt?«

»Wer denn?«
»Mama.«
Die Kleine erschrickt. »Ja dann . . .«
»Weißt du was? Ich horche an der Tür, und du bleibst draußen im Gang und gibst mir ein Zeichen, wenn jemand kommt. So sind wir sicher.«
Die Kleine macht ein verdrossenes Gesicht. »Aber du erzählst mir dann nichts!«
»Alles!«
»Wirklich alles . . . aber alles!«
»Ja, mein Wort darauf. Und du hustest, wenn du jemanden kommen hörst.«
Sie warten im Gang, zitternd, aufgeregt. Ihr Blut pocht wild. Was wird kommen? Eng drücken sie sich aneinander.
Ein Schritt. Sie stieben fort. In das Dunkel hinein. Richtig: es ist Otto. Er faßt die Klinke, die Tür schließt sich. Wie ein Pfeil schießt die Ältere nach und drückt sich an die Tür, ohne Atemholen horchend. Die Jüngere sieht sehnsüchtig hin. Die Neugierde verbrennt sie, es reißt sie vom angewiesenen Platz. Sie schleicht heran, aber die Schwester stößt sie zornig weg. So wartet sie wieder draußen, zwei, drei Minuten, die ihr eine Ewigkeit scheinen. Sie fiebert vor Ungeduld, wie auf glühendem Boden zappelt sie hin und her. Fast ist ihr das Weinen nah vor Erregung und Zorn, daß die Schwester alles hört und sie nichts. Da fällt drüben, im dritten Zimmer, eine Tür zu. Sie

hustet. Und beide stürzen sie weg, hinein in ihren Raum. Dort stehen sie einen Augenblick atemlos, mit pochenden Herzen.

Dann drängt die Jüngere gierig: »Also ... erzähle mir.«

Die Ältere macht ein nachdenkliches Gesicht. Endlich sagt sie, ganz versonnen, wie zu sich selbst: »Ich verstehe es nicht!«

»Was?«

»Es ist so merkwürdig.«

»Was ... was ...?« Die Jüngere keucht die Worte nur so heraus. Nun versucht die Schwester sich zu besinnen. Die Kleine hat sich an sie gepreßt, ganz nah, damit ihr kein Wort entgehen könne.

»Es war ganz merkwürdig ... so ganz anders, als ich mir es dachte. Ich glaube, wie er ins Zimmer kam, hat er sie umarmen wollen oder küssen, denn sie hat zu ihm gesagt: ›Laß das, ich hab mit dir Ernstes zu bereden.‹ Sehen habe ich nichts können, der Schlüssel hat von innen gesteckt, aber ganz genau gehört habe ich. ›Was ist denn los?‹ hat der Otto darauf gesagt, doch ich hab ihn nie so reden hören. Du weißt doch, er redet sonst gern so frech und laut, das hat er aber so zaghaft gesagt, daß ich gleich gespürt habe, er hat irgendwie Angst. Und auch sie muß gemerkt haben, daß er lügt, denn sie hat nur ganz leise gesagt: ›Du weißt es ja schon.‹ – ›Nein, ich weiß gar nichts.‹ – ›So‹, hat sie da gesagt – und so traurig, so furchtbar traurig

–, ›und warum ziehst du dich denn auf einmal von mir zurück? Seit acht Tagen hast du kein Wort mit mir geredet, du weichst mir aus, wo du kannst, mit den Kindern gehst du nicht mehr, kommst nicht mehr in den Park. Bin ich dir auf einmal so fremd? O, du weißt schon, warum du dich auf einmal fernhältst.‹ Er hat geschwiegen und dann gesagt: ›Ich steh jetzt vor der Prüfung, ich habe viel zu arbeiten und für nichts anderes mehr Zeit. Es geht jetzt nicht anders.‹ Da hat sie zu weinen angefangen und hat ihm dann gesagt, unter Tränen, aber so mild und gut: ›Otto, warum lügst du denn? Sag doch die Wahrheit, das hab ich wirklich nicht verdient um dich. Ich habe ja nichts verlangt, aber geredet muß doch darüber werden zwischen uns zweien. Du weißt es ja, was ich dir zu sagen habe, an den Augen seh ich dir's an.‹ – ›Was denn?‹ hat er gestammelt, aber ganz, ganz schwach. Und da sagte sie . . .«

Das Mädchen fängt plötzlich zu zittern an und kann nicht weiterreden vor Erregung. Die Jüngere preßt sich enger an sie. »Was . . . was denn?«

»Da sagt sie: ›Ich hab doch ein Kind von dir!‹« Wie ein Blitz fährt die Kleine auf: »Ein Kind! Ein Kind! Das ist doch unmöglich!«

»Aber sie hat es gesagt.«

»Du mußt schlecht gehört haben.«

»Nein, nein! Und er hat es wiederholt; genauso wie du ist er aufgefahren und hat gerufen: ›Ein Kind!‹ Sie hat lange geschwiegen und dann gefragt: ›Was soll jetzt geschehn?‹ Und dann . . .«

»Und dann?«

»Dann hast du gehustet, und ich hab weglaufen müssen.«

Die Jüngere starrt ganz verstört vor sich hin. »Ein Kind! Das ist doch unmöglich. Wo soll sie denn das Kind haben?«

»Ich weiß nicht. Das ist es ja, was ich nicht verstehe.«

»Vielleicht zu Hause wo . . . bevor sie zu uns herkam. Mama hat ihr natürlich nicht erlaubt, es mitzubringen wegen uns. Darum ist sie auch so traurig.«

»Aber geh, damals hat sie doch Otto noch gar nicht gekannt!«

Sie schweigen wieder, ratlos, unschlüssig herumgrübelnd. Der Gedanke peinigt sie. Und wieder fängt die Kleinere an: »Ein Kind, das ist ganz unmöglich! Wieso kann sie ein Kind haben? Sie ist doch nicht verheiratet, und nur verheiratete Leute haben Kinder, das weiß ich.«

»Vielleicht war sie verheiratet.«

»Aber sei doch nicht so dumm. Doch nicht mit Otto.«

»Aber wieso . . .?«

Ratlos starren sie sich an.

»Das arme Fräulein«, sagt die eine ganz traurig. Es kommt immer wieder dieses Wort, ausklingend in einen Seufzer des Mitleids. Und immer wieder flackert die Neugier dazwischen.

»Ob es ein Mädchen ist oder ein Bub?«
»Wer kann das wissen.«
»Was glaubst du ... wenn ich sie einmal fragen würde ... ganz, ganz vorsichtig ...«
»Du bist verrückt!«
»Warum ... sie ist doch so gut zu uns.«
»Aber was fällt dir ein! Uns sagt man doch solche Sachen nicht. Uns verschweigt man alles. Wenn wir ins Zimmer kommen, hören sie immer auf zu sprechen und reden dummes Zeug mit uns, als ob wir Kinder wären, und ich bin doch schon dreizehn Jahre. Wozu willst du sie fragen, uns sagt man ja doch nur Lügen.«
»Aber ich hätte es gern gewußt.«
»Glaubst du, ich nicht?«
»Weißt du ... was ich eigentlich am wenigsten verstehe, ist, daß Otto nichts davon gewußt haben soll. Man weiß doch, daß man ein Kind hat, so wie man weiß, daß man Eltern hat.«
»Er hat sich nur so gestellt, der Schuft. Er verstellt sich immer.«
»Aber bei so etwas doch nicht. Nur ... nur ... wenn er uns etwas vormachen will ...«
Da kommt das Fräulein herein. Sie sind sofort still und scheinen zu arbeiten. Aber von der Seite schielen sie hin zu ihr. Ihre Augen scheinen gerötet, ihre Stimme etwas tiefer und vibrierender als sonst. Die Kinder sind ganz still, mit einer ehrfürchtigen Scheu sehen sie plötzlich zu ihr auf. ›Sie hat ein Kind‹, müssen sie

immer wieder denken, ›darum ist sie so traurig.‹ Und langsam werden sie es selbst.

Am nächsten Tag, bei Tisch, erwartet sie eine jähe Nachricht. Otto verläßt das Haus. Er hat dem Onkel erklärt, er stände jetzt knapp vor den Prüfungen, müsse intensiv arbeiten, und hier sei er zu sehr gestört. Er würde sich irgendwo ein Zimmer nehmen für diese ein, zwei Monate, bis alles vorüber sei.

Die beiden Kinder sind furchtbar erregt, wie sie es hören. Sie ahnen irgendeinen geheimen Zusammenhang mit dem Gespräch von gestern, spüren mit ihrem geschärften Instinkt eine Feigheit, eine Flucht. Wie Otto ihnen adieu sagen will, sind sie grob und wenden ihm den Rücken. Aber sie schielen hin, wie er jetzt vor dem Fräulein steht. Der zuckt es um die Lippen, aber sie reicht ihm ruhig, ohne ein Wort, die Hand.

Ganz anders sind die Kinder geworden in diesen paar Tagen. Sie haben ihre Spiele verloren und ihr Lachen, die Augen sind ohne den munteren, unbesorgten Schein. Eine Unruhe und Ungewißheit ist in ihnen, ein wildes Mißtrauen gegen alle Menschen um sie herum. Sie glauben nicht mehr, was man ihnen sagt, wittern Lüge und Absicht hinter jedem Wort. Sie blicken und spähen den ganzen Tag, jede Bewegung belauern sie, jedes Zucken, jede Betonung fangen sie auf. Wie Schatten geistern sie hinter allem her, vor den Türen horchen sie, um etwas zu erhaschen, eine lei-

denschaftliche Bemühung ist in ihnen, das dunkle Netz dieser Geheimnisse abzuschütteln von ihren unwilligen Schultern oder durch eine Masche in die Welt der Wirklichkeit wenigstens einen Blick zu tun. Der kindische Glaube, diese heitere, unbesorgte Blindheit, ist von ihnen abgefallen. Und dann: sie ahnen aus der Schwüle der Geschehnisse irgendeine neue Entladung und haben Angst, sie könnten sie versäumen. Seit sie wissen, daß Lüge um sie ist, sind sie zäh und lauernd geworden, selbst verschlagen und verlogen. Sie dukken sich in der Nähe der Eltern in eine nun geheuchelte Kinderhaftigkeit hinein und flackern dann auf in eine jähe Beweglichkeit. Ihr ganzes Wesen ist aufgelöst in eine nervöse Unruhe, ihre Augen, die früher einen seichten Glanz sanft trugen, scheinen funkelnder und tiefer. So hilflos sind sie in ihrem steten Spähen und Spionieren, daß sie gegenseitig inniger werden in ihrer Liebe. Manchmal umarmen sie einander plötzlich stürmisch aus dem Gefühl ihrer Unwissenheit, nur dem jäh aufquellenden Zärtlichkeitsbedürfnis überschwenglich nachgebend, oder sie brechen in Tränen aus. Anscheinend ohne Ursache ist ihr Leben mit einem Male eine Krise geworden.
Unter den vielen Kränkungen, für die ihnen erst jetzt das Gefühl erweckt worden ist, spüren sie eine am meisten. Ganz still, ohne Wort haben sie sich verpflichtet, dem Fräulein, das so traurig ist, möglichst viel Freude zu bereiten. Sie machen ihre Aufgaben

fleißig und sorgsam, helfen sich beide aus, sie sind still, geben kein Wort zur Klage, springen jedem Wunsch voraus. Aber das Fräulein merkt es gar nicht, und das tut ihnen so weh. Ganz anders ist sie geworden in letzter Zeit. Manchmal, wenn eines der Mädchen sie anspricht, zuckt sie zusammen, wie aus dem Schlaf geschreckt. Und ihr Blick kommt dann immer erst suchend aus einer weiten Ferne zurück. Stundenlang sitzt sie oft da und schaut träumerisch vor sich hin. Dann schleichen die Mädchen auf den Zehen herum, um sie nicht zu stören, sie spüren dumpf und geheimnisvoll: jetzt denkt sie an ihr Kind, das irgendwo in der Ferne ist. Und immer mehr, aus den Tiefen ihrer nun erwachenden Weiblichkeit, lieben sie das Fräulein, das jetzt so milde geworden ist und so sanft. Ihr sonst frischer und übermütiger Gang ist nun bedächtiger, ihre Bewegungen vorsichtiger, und die Kinder ahnen in alldem eine geheime Traurigkeit. Weinen haben sie sie nie gesehen, aber ihre Lider sind öfter gerötet. Sie merken, daß das Fräulein den Schmerz vor ihnen geheimhalten will, und sind verzweifelt, ihr nicht helfen zu können.

Und einmal, wie sich das Fräulein zum Fenster hin abgewandt hat und mit dem Taschentuch über die Augen fährt, faßt die Kleinere plötzlich Mut, ergreift leise ihre Hand und sagt: »Fräulein, Sie sind so traurig die letzte Zeit. Nicht wahr, wir sind doch nicht schuld daran?«

Das Fräulein sieht sie bewegt an und streift ihr mit der Hand über das weiche Haar. »Nein, Kind, nein«, sagt sie. »Ihr gewiß nicht.« Und küßt sie sanft auf die Stirn.

Lauernd und beobachtend, nichts außer acht lassend, was sich im Umkreis ihrer Blicke rührt, hat eine in diesen Tagen, plötzlich ins Zimmer tretend, ein Wort aufgefangen. Gerade ein Satz war es nur, denn die Eltern haben sofort das Gespräch abgebrochen, aber jedes Wort entzündet in ihnen jetzt tausend Vermutungen. »Mir ist auch schon so etwas aufgefallen«, hat die Mutter gesagt. »Ich werde sie mir dann ins Verhör nehmen.« Das Kind hat es zuerst auf sich bezogen und ist, fast ängstlich, zur Schwester geeilt, um Rat, um Hilfe. Aber mittags merken sie, wie die Blicke ihrer Eltern prüfend auf dem unachtsam verträumten Gesicht des Fräuleins ruhen und sich dann begegnen.
Nach Tisch sagt die Mutter leichthin zum Fräulein: »Bitte, kommen Sie dann in mein Zimmer. Ich habe mit Ihnen zu sprechen.« Das Fräulein neigt leise den Kopf. Die Mädchen zittern heftig, sie spüren, jetzt wird etwas geschehen.
Und sofort, wie das Fräulein hineingeht, stürzen sie nach. Dieses An-den-Türen-Kleben, das Durchstöbern der Ecken, das Lauschen und Belauern ist für sie ganz selbstverständlich geworden. Sie spüren gar nicht mehr das Häßliche und Verwegene daran, sie haben nur einen Gedanken, sich aller Geheimnisse zu be-

mächtigen, mit denen man ihnen den Blick verhängt. Sie horchen. Aber nur ein leises Zischeln von geflüsterten Worten hören sie. Ihr Körper zittert nervös. Sie haben Angst, alles könnte ihnen entgehen.
Da wird darin eine Stimme lauter. Es ist die ihrer Mutter. Bös und zänkisch klingt sie:
»Haben Sie geglaubt, daß alle Leute blind sind, daß man so etwas nicht bemerkt? Ich kann mir denken, wie Sie Ihre Pflicht erfüllt haben mit solchen Gedanken und solcher Moral. Und so jemandem habe ich die Erziehung meiner Kinder anvertraut, meiner Töchter, die Sie, weiß Gott wie, vernachlässigt haben . . .«
Das Fräulein scheint etwas zu erwidern. Aber zu leise spricht sie, als daß die Kinder verstehen könnten.
»Ausreden, Ausreden! Jede leichtfertige Person hat ihre Ausrede. Das gibt sich dem ersten besten hin und denkt an nichts. Der liebe Gott wird schon weiterhelfen. Und so jemand will Erzieherin sein, Mädchen hevranbilden. Eine Frechheit ist das. Sie glauben doch nicht, daß ich Sie in diesem Zustande noch länger im Hause behalten werde?«
Die Kinder horchen draußen. Schauer rinnen über ihren Körper. Sie verstehen das alles nicht, aber es ist ihnen furchtbar, die Stimme ihrer Mutter so zornig zu hören, und jetzt als einzige Antwort das leise wilde Schluchzen des Fräuleins. Tränen quellen auf in ihren Augen. Aber ihre Mutter scheint nur erregter zu werden.

»Das ist das einzige, was Sie wissen, jetzt zu weinen. Das rührt mich nicht. Mit solchen Personen hab ich kein Mitleid. Was aus Ihnen jetzt wird, geht mich gar nichts an. Sie werden ja wissen, an wen Sie sich zu wenden haben, ich frag Sie gar nicht danach. Ich weiß nur, daß ich jemanden, der so niederträchtig seine Pflicht vernachlässigt hat, nicht einen Tag mehr in meinem Hause dulde.«

Nur Schluchzen antwortet, dieses verzweifelte, tierisch wilde Schluchzen, das die Kinder draußen schüttelt wie ein Fieber. Nie haben sie so weinen hören. Und dumpf fühlen sie, wer so weint, kann nicht unrecht haben. Ihre Mutter schweigt jetzt und wartet. Dann sagt sie plötzlich schroff: »So, das habe ich Ihnen nur sagen wollen. Richten Sie heute Ihre Sachen, und kommen Sie morgen früh um Ihren Lohn. Adieu!«

Die Kinder springen weg von der Tür und retten sich hinein in ihr Zimmer. Was war das? Wie ein Blitz ist es vor ihnen niedergefahren. Bleich und schauernd stehen sie da. Zum erstenmal ahnen sie irgendwie die Wirklichkeit. Und zum erstenmal wagen sie etwas wie Auflehnung gegen ihre Eltern zu empfinden.

»Das war gemein von Mama, so mit ihr zu reden«, sagt die Ältere mit verbissenen Lippen.

Die Kleine schrickt noch zurück vor dem verwegenen Wort. »Aber wir wissen doch gar nicht, was sie getan hat«, stottert sie klagend.

»Sicher nichts Schlechtes. Das Fräulein kann nichts Schlechtes getan haben. Mama kennt sie nicht.«

»Und dann, wie sie geweint hat. Angst hat es mir gemacht.«

»Ja, das war furchtbar. Aber wie auch Mama mit ihr geschrien hat. Das war gemein, ich sage dir, das war gemein.«

Sie stampft auf mit dem Fuß. Tränen verhüllen ihr die Augen. Da kommt das Fräulein herein. Sie sieht sehr müde aus.

»Kinder, ich habe heute nachmittag zu tun. Nicht wahr, ihr bleibt allein, ich kann mich auf euch verlassen? Ich sehe dann abends nach euch.«

Sie geht, ohne die Erregung der Kinder zu merken.

»Hast du gesehen, ihre Augen waren ganz verweint. Ich verstehe nicht, daß Mama mit ihr so umgehen konnte.«

»Das arme Fräulein!«

Es klingt wieder auf, mitleidig und tränentief. Verstört stehn sie da. Da kommt ihre Mutter herein und fragt, ob sie mit ihr spazierenfahren wollen. Die Kinder weichen aus. Sie haben Angst vor Mama. Und dann empört es sie, daß ihnen nichts über die Verabschiedung des Fräuleins gesagt wird. Sie bleiben lieber allein. Wie zwei Schwalben in einem engen Käfig schießen sie hin und her, erdrückt von dieser Atmosphäre der Lüge und des Verschweigens. Sie überlegen, ob sie nicht hinein zum Fräulein sollen und sie fragen, mit ihr reden über alles, daß sie dableiben solle und daß Mama unrecht hat. Aber sie haben Angst, sie zu kränken. Und dann schämen sie sich: alles, was sie wissen, haben sie ja erhorcht und erschlichen. Sie müssen sich dumm stellen, dumm, wie sie es waren bis vor zwei, drei Wochen. So bleiben Sie allein, einen endlosen langen Nachmittag, grübelnd und weinend und immer diese schreckhaften Stimmen im Ohr, den bösen, herzlosen Zorn ihrer Mutter und das verzweifelte Schluchzen des Fräuleins.

Abends sieht das Fräulein flüchtig zu ihnen herein und sagt ihnen gute Nacht. Die Kinder zittern, da sie sie hinausgehen sehen, sie möchten ihr gerne noch etwas sagen. Aber jetzt, da das Fräulein schon bei der Tür ist, wendet sie sich selbst plötzlich – wie von diesem stummen Wunsch zurückgerissen – noch einmal um. Etwas glänzt in ihren Augen, feucht und trüb. Sie umarmt beide Kinder, die wild zu schluchzen anfangen, küßt sie noch einmal und geht dann hastig hinaus.

In Tränen stehen die Kinder da. Sie fühlen, das war ein Abschied.

»Wir werden sie nicht mehr sehen!« weint die eine.

»Paß auf, wenn wir morgen von der Schule zurückkommen, ist sie nicht mehr da.«

»Vielleicht können wir sie später besuchen. Dann zeigt sie uns auch sicher ihr Kind.«

»Ja, sie ist so gut.«

»Das arme Fräulein!« Es ist schon wieder ein Seufzer ihres eigenen Schicksals.
»Kannst du dir denken, wie das jetzt werden wird ohne sie?«
»Ich werde nie ein anderes Fräulein leiden können.«
»Ich auch nicht.«
»Keine wird so gut mit uns sein. Und dann . . .«
Sie wagt es nicht zu sagen. Aber ein unbewußtes Gefühl der Weiblichkeit macht sie ihnen ehrfürchtig, seit sie wissen, daß sie ein Kind hat. Beide denken immer daran, und jetzt schon nicht mehr mit dieser kindischen Neugier, sondern im tiefsten ergriffen und mitleidig.
»Du«, sagt die eine, »hör zu!«
»Ja.«
»Weißt du, ich möchte dem Fräulein noch gern eine Freude machen, ehe sie weggeht. Damit sie weiß, daß wir sie gern haben und nicht so sind wie Mama. Willst du?«
»Wie kannst du noch fragen!«
»Ich hab mir gedacht, sie hatte doch weiße Rosen so gern, und da denk ich, weißt du, wir könnten ihr morgen früh, ehe wir in die Schule gehen, ein paar kaufen, und die stellen wir ihr dann ins Zimmer.«
»Wann aber?«
»Zu Mittag.«
»Da ist sie sicher schon fort. Weißt du, da lauf ich lieber ganz in der Früh hinunter und hole sie rasch,

ohne daß es jemand merkt. Und die bringen wir ihr dann hinein ins Zimmer.«

»Ja, und wir stehen ganz früh auf.«

Sie nehmen ihre Sparbüchsen, schütten redlich ihr ganzes Geld zusammen. Nun sind sie wieder froher, seit sie wissen, daß sie dem Fräulein ihre stumme, hingebungsvolle Liebe noch werden zeigen können.

Ganz zeitig stehen sie dann auf. Wie sie, die schönen vollen Rosen in der leicht zitternden Hand, an die Tür des Fräuleins pochen, antwortet ihnen niemand. Sie glauben das Fräulein schlafend und schleichen vorsichtig hinein. Aber das Zimmer ist leer, das Bett unberührt. Alles liegt in Unordnung herum verstreut, auf der dunklen Tischdecke schimmern ein paar Briefe.

Die beiden Kinder erschrecken. Was ist geschehen?

»Ich gehe hinein zu Mama«, sagt die Ältere entschlossen. Und trotzig, mit finsteren Augen, ganz ohne Angst pflanzt sie sich vor ihrer Mutter auf und fragt: »Wo ist unser Fräulein?«

»Sie wird in ihrem Zimmer sein«, sagt die Mutter ganz erstaunt.

»Ihr Zimmer ist leer, das Bett ist unberührt. Sie muß schon gestern abend weggegangen sein. Warum hat man uns nichts davon gesagt?«

Die Mutter merkt gar nicht den bösen, herausfordernden Ton. Sie ist blaß geworden und geht hinein

zum Vater, der dann rasch im Zimmer des Fräuleins verschwindet.
Er bleibt lange aus. Das Kind beobachtet die Mutter, die sehr erregt scheint, mit einem steten zornigen Blick, dem ihre Augen nicht recht zu begegnen wagen.
Da kommt der Vater zurück. Er ist ganz fahl im Gesicht und trägt einen Brief in der Hand. Er geht mit der Mutter hinein ins Zimmer und spricht drinnen mit ihr leise. Die Kinder stehen draußen und wagen auf einmal nicht mehr zu horchen. Sie haben Angst vor dem Zorn des Vaters, der jetzt aussah, wie sie ihn nie gekannt hatten.
Ihre Mutter, die jetzt aus dem Zimmer tritt, hat verweinte Augen und blickt verstört. Die Kinder kommen ihr, unbewußt, wie von ihrer Angst gestoßen, entgegen und wollen sie wieder fragen. Aber sie sagt hart: »Geht jetzt in die Schule, es ist schon spät.«
Und die Kinder müssen gehen. Wie im Traum sitzen sie dort vier, fünf Stunden unter all den anderen und hören kein Wort. Wild stürmen sie nach Hause zurück.
Dort ist alles wie immer, nur ein furchtbarer Gedanke scheint die Menschen zu erfüllen. Keiner spricht, aber alle, selbst die Dienstboten, haben so eigene Blicke. Die Mutter kommt den Kindern entgegen. Sie scheint sich vorbereitet zu haben, ihnen etwas zu sagen. Sie

beginnt: »Kinder, euer Fräulein kommt nicht mehr, sie ist . . .«

Aber sie wagt nicht zu Ende zu sprechen. So funkelnd, so drohend, so gefährlich sind die Augen der beiden Kinder in die ihren gebohrt, daß sie nicht wagt, ihnen eine Lüge zu sagen. Sie wendet sich um und geht weiter, flüchtet in ihr Zimmer hinein.

Nachmittags taucht plötzlich Otto auf. Man hat ihn hergerufen, ein Brief für ihn war da. Auch er ist bleich. Verstört steht er herum. Niemand redet mit ihm. Alle weichen ihm aus. Da sieht er die beiden Kinder in der Ecke kauern und will sie begrüßen.

»Rühr mich nicht an!« sagt die eine, schauernd vor Ekel. Und die andere spuckt vor ihm aus. Er irrt noch verlegen, verwirrt eine Zeitlang herum. Dann verschwindet er.

Keiner spricht mit den Kindern. Sie selbst wechseln kein Wort. Blaß und verstört, rastlos, wie Tiere in einem Käfig, wandern sie in den Zimmern herum, begegnen sich immer wieder, sehen sich in die verweinten Augen und sagen kein Wort. Sie wissen jetzt alles. Sie wissen, daß man sie belogen hat, daß alle Menschen schlecht und niederträchtig sein können. Sie lieben ihre Eltern nicht mehr, sie glauben nicht mehr an sie. Zu keinem, wissen sie, werden sie Vertrauen haben dürfen, nun wird sich auf ihre schmalen Schultern die ganze Last des ungeheuren Lebens türmen. Wie in einen Abgrund sind sie aus der heiteren

Behaglichkeit ihrer Kindheit gestürzt. Noch können sie das Furchtbare, das um sie geschehen ist, nicht fassen, aber ihr Denken würgt daran und droht sie damit zu ersticken. Fiebrige Glut liegt auf ihren Wangen, und sie haben einen bösen, gereizten Blick. Wie frierend in ihrer Einsamkeit irren sie auf und ab. Keiner, nicht einmal die Eltern, wagt mit ihnen zu sprechen, so furchtbar sehen sie jeden an, ihr unablässiges Herumwandern spiegelt die Erregung, die in ihnen wühlt. Und eine schreckhafte Gemeinsamkeit ist in den beiden, ohne daß sie zusammen sprechen. Das Schweigen, das undurchdringliche, fraglose Schweigen, der tückische verschlossene Schmerz ohne Schrei und ohne Träne macht sie allen fremd und gefährlich. Niemand kommt ihnen nahe, der Zugang zu ihren Seelen ist abgebrochen, vielleicht auf Jahre hinaus. Feinde sind sie, fühlen alle um sie, und entschlossene Feinde, die nicht mehr verzeihen können. Denn seit gestern sind sie keine Kinder mehr.

An diesem Nachmittag werden sie älter um viele Jahre. Und erst, wie sie dann abends im Dunkeln ihres Zimmers allein sind, erwacht in ihnen die Kinderangst, die Angst vor der Einsamkeit, vor den Bildern der Toten und dann eine ahnungsvolle Angst vor unbestimmten Dingen. In der allgemeinen Erregung des Hauses hat man das Zimmer zu heizen vergessen. So kriechen sie fröstelnd zusammen in ein Bett, umschlingen sich fest mit den mageren Kinderarmen und pressen die schmalen, noch nicht aufgeblühten Körper eine an die andere, wie um Hilfe zu suchen vor ihrer Angst. Noch immer wagen sie nicht mitsammen zu sprechen. Aber jetzt bricht die Jüngere endlich in Tränen aus, und die Ältere schluchzt wild mit. Eng umschlungen weinen sie, baden sich das Gesicht mit den warmen, zaghaft und dann rascher niederrollenden Tränen, fangen, Brust an Brust, die eine der anderen schluchzenden Stoß auf und geben ihn schauernd zurück. Ein einziger Schmerz sind die beiden, ein einziger weinender Körper im Dunkel. Es ist nicht mehr das Fräulein, um das sie weinen, nicht die Eltern, die nun für sie verloren sind, sondern ein jähes Grauen schüttelt sie, eine Angst vor alledem, was nun kommen wird aus dieser unbekannten Welt, in die sie heute den ersten erschreckten Blick getan haben. Angst haben sie vor dem Leben, in das sie nun aufwachsen, vor dem Leben, das dunkel und drohend vor ihnen steht, wie ein finsterer Wald, den sie durchschreiten müssen. Immer dämmerhafter wird ihr wirres Angstgefühl, traumhaft fast, immer leiser ihr Schluchzen. Ihre Atemzüge fließen nun sanft ineinander, wie vordem ihre Tränen. Und so schlafen sie endlich ein.

# BRENNENDES GEHEIMNIS

## *Der Partner*

Die Lokomotive schrie heiser auf: der Semmering war erreicht. Eine Minute rasteten die schwarzen Wagen im silbrigen Licht der Höhe, warfen ein paar bunte Menschen aus, schluckten andere ein, Stimmen gingen geärgert hin und her, dann schrie vorne wieder die heisere Maschine und riß die schwarze Kette rasselnd in die Höhle des Tunnels hinab. Rein ausgespannt, mit klaren, vom nassen Wind reingefegten Hintergründen lag wieder die hingebreitete Landschaft.

Einer der Angekommenen, jung, durch gute Kleidung und eine natürliche Elastizität des Schrittes sympathisch auffallend, nahm den andern rasch voraus einen Fiaker zum Hotel. Ohne Hast trappten die Pferde den ansteigenden Weg. Es lag Frühling in der Luft. Jene weißen, unruhigen Wolken flatterten am Himmel, die nur der Mai und der Juni hat, jene weißen, selbst noch jungen und flattrigen Gesellen, die spielend über die blaue Bahn rennen, um sich plötzlich hinter hohen Bergen zu verstecken, die sich umarmen und fliehen, sich bald wie Taschentücher zerknüllen, bald in Streifen zerfasern und schließlich im Schabernack den Bergen weiße Mützen aufsetzen. Unruhe war auch oben im Wind, der die mageren, noch vom Regen feuchten

Bäume so unbändig schüttelte, daß sie leise in den Gelenken krachten und tausend Tropfen wie Funken von sich wegsprühten. Manchmal schien auch Duft von Schnee kühl aus den Bergen herüberzukommen, dann spürte man im Atem etwas, das süß und scharf war zugleich. Alles in Luft und Erde war Bewegung und gärende Ungeduld. Leise schnaubend liefen die Pferde den jetzt niedersteigenden Weg, die Schellen klirrten ihnen weit voraus.

Im Hotel war der erste Weg des jungen Mannes zu der Liste der anwesenden Gäste, die er – bald enttäuscht – durchflog. ›Wozu bin ich eigentlich hier‹, begann es unruhig ihn ihm zu fragen. ›Allein hier auf dem Berg zu sein, ohne Gesellschaft, ist ärger als das Bureau. Offenbar bin ich zu früh gekommen oder zu spät. Ich habe nie Glück mit meinem Urlaub. Keinen einzigen bekannten Namen finde ich unter all den Leuten. Wenn wenigstens ein paar Frauen da wären, irgendein kleiner, im Notfall sogar argloser Flirt, um diese Woche nicht gar zu trostlos zu verbringen.‹ Der junge Mann, ein Baron von nicht sehr klangvollem österreichischem Beamtenadel, in der Statthalterei angestellt, hatte sich diesen kleinen Urlaub ohne jegliches Bedürfnis genommen, eigentlich nur, weil sich all seine Kollegen eine Frühjahrswoche durchgesetzt hatten und er die seine dem Dienst nicht schenken wollte. Er war, obwohl innerer Befähigung nicht entbehrend, eine durchaus gesellschaftliche Natur, als solche beliebt, in allen Kreisen gern gesehen und sich seiner Unfähigkeit zur Einsamkeit voll bewußt. In ihm war keine Neigung, sich selber allein gegenüberzustehen, und er vermied möglichst diese Begegnungen, weil er intimere Bekanntschaft mit sich selbst gar nicht wollte. Er wußte, daß er die Reibfläche von Menschen brauchte, um all seine Talente, die Wärme und den Übermut seines Herzens aufflammen zu lassen, und er allein frostig und sich selber nutzlos war, wie ein Zündholz in der Schachtel.

Verstimmt ging er in der leeren Hall auf und ab, bald unschlüssig in den Zeitungen blätternd, bald wieder im Musikzimmer am Klavier einen Walzer antastend, bei dem ihm aber der Rhythmus nicht recht in die Finger sprang. Schließlich setzte er sich verdrossen hin, sah hinaus, wie das Dunkel langsam niederfiel, der Nebel als Dampf grau aus den Fichten brach. Eine Stunde zerbröselte er so, nutzlos und nervös. Dann flüchtete er in den Speisesaal.

Dort waren erst ein paar Tische besetzt, die er alle mit eiligem Blick überflog. Vergeblich! Keine Bekannten, nur dort – er gab lässig einen Gruß zurück – ein Trainer, dort wieder ein Gesicht von der Ringstraße her, sonst nichts. Keine Frau, nichts, was ein auch flüchtiges Abenteuer versprach. Sein Mißmut wurde ungeduldiger. Er war einer jener jungen Menschen, deren hübschem Gesicht viel geglückt ist und in denen nun beständig alles für eine neue Begegnung, ein neues

Erlebnis bereit ist, die immer gespannt sind, sich ins Unbekannte eines Abenteuers zu schnellen, die nichts überrascht, weil sie alles lauernd berechnet haben, die nichts Erotisches übersehen, weil schon ihr erster Blick jeder Frau in das Sinnliche greift, prüfend und ohne Unterschied, ob es die Gattin ihres Freundes ist oder das Stubenmädchen, das die Türe zu ihr öffnet. Wenn man solche Menschen mit einer gewissen leichtfertigen Verächtlichkeit Frauenjäger nennt, so geschieht es, ohne zu wissen, wieviel beobachtende Wahrheit in dem Worte versteinert ist, denn tatsächlich, alle leidenschaftlichen Instinkte der Jagd, das Aufspüren, die Erregtheit und die seelische Grausamkeit flackern in dem rastlosen Wachsein solcher Menschen. Sie sind beständig auf dem Anstand, immer bereit und entschlossen, die Spur eines Abenteuers bis hart an den Abgrund zu verfolgen. Sie sind immer geladen mit Leidenschaft, aber nicht der des Liebenden, sondern der des Spielers, der kalten, berechnenden und gefährlichen. Es gibt unter ihnen Beharrliche, denen weit über die Jugend hinaus das ganze Leben durch diese Erwartung zum ewigen Abenteuer wird, denen sich der einzelne Tag in hundert kleine, sinnliche Erlebnisse auflöst – ein Blick im Vorübergehen, ein weghuschendes Lächeln, ein im Gegenübersitzen gestreiftes Knie – und das Jahr wieder in hundert solcher Tage, für die das sinnliche Erlebnis ewig fließende, nährende und anfeuernde Quelle des Lebens ist.

Hier waren keine Partner zu einem Spiele, das übersah der Suchende sofort. Und keine Gereiztheit ist ärgerlicher als die des Spielers, der mit den Karten in der Hand im Bewußtsein seiner Überlegenheit vor dem grünen Tisch sitzt und vergeblich den Partner erwartet. Der Baron rief nach einer Zeitung. Mürrisch ließ er die Blicke über die Zeilen rinnen, aber seine Gedanken waren lahm und stolperten wie betrunken den Worten nach.

Da hörte er hinter sich ein Kleid rauschen und eine Stimme, leicht ärgerlich und mit affektiertem Akzent sagen: *»Mais tais-toi donc, Edgar!«*

An seinem Tisch knisterte im Vorüberschreiten ein seidenes Kleid, hoch und üppig schattete eine Gestalt vorbei und hinter ihr in einem schwarzen Samtanzug ein kleiner, blasser Bub, der ihn neugierig mit dem Blick anstreifte. Die beiden setzten sich gegenüber an den reservierten Tisch, das Kind sichtbar um eine Korrektheit bemüht, die der schwarzen Unruhe in seinen Augen zu widersprechen schien. Die Dame – und nur auf sie hatte der junge Baron acht – war sehr soigniert und mit sichtbarer Eleganz gekleidet, ein Typus überdies, den er sehr liebte, eine jener leicht üppigen Jüdinnen im Alter knapp vor der Überreife, offenbar auch leidenschaftlich, aber erfahren, ihr Temperament hinter einer vornehmen Melancholie zu verbergen. Er vermochte zunächst noch nicht in ihre Augen zu sehen und bewunderte nur die schön ge-

schwungene Linie der Augenbrauen, rein über einer zarten Nase gerundet, die ihre Rasse zwar verriet, aber doch durch edle Form das Profil scharf und interessant machte. Die Haare waren, wie alles Weibliche an diesem vollen Körper, von einer auffallenden Üppigkeit, ihre Schönheit schien im sichern Selbstgefühl vieler Bewunderungen satt und prahlerisch geworden zu sein. Sie bestellte mit sehr leiser Stimme, wies den Buben, der mit der Gabel spielend klirrte, zurecht – all dies mit anscheinender Gleichgültigkeit gegen den vorsichtig anschleichenden Blick des Barons, den sie nicht zu bemerken schien, während es doch in Wirklichkeit nur seine rege Wachsamkeit war, die ihr diese gebändigte Sorgfalt aufzwang.
Das Dunkel im Gesichte des Barons war mit einem Male aufgehellt, unterirdisch belebend liefen die Nerven hin, strafften die Falten, rissen die Muskeln auf, daß seine Gestalt aufschnellte und Lichter in den Augen flackerten. Er war selber den Frauen nicht unähnlich, die erst die Gegenwart eines Mannes brauchen, um aus sich ihre ganze Gewalt herauszuholen. Erst ein sinnlicher Reiz spannte seine Energie zu voller Kraft. Der Jäger in ihm witterte hier eine Beute. Herausfordernd suchte sein Auge ihrem Blick zu begegnen, der ihn manchmal mit einer glitzernden Unbestimmtheit des Vorbeisehens kreuzte, nie aber blank eine klare Antwort bot. Auch um den Mund glaubte er manchmal ein Fließen wie von beginnendem Lä-

cheln zu spüren, aber all dies war unsicher, und eben diese Unsicherheit erregte ihn. Das einzige, was ihm versprechend schien, war dieses stete Vorbeischauen, weil es Widerstand war und Befangenheit zugleich, und dann die merkwürdig sorgfältige, auf einen Zuschauer sichtlich eingestellte Art der Konversation mit dem Kinde. Eben das aufdringlich Vorgehaltene dieser Ruhe bedeutete, das fühlte er, ein erstes Beunruhigtsein. Auch er war erregt: das Spiel hatte begonnen. Er verzögerte sein Diner, hielt diese Frau eine halbe Stunde fast unablässig mit dem Blick fest, bis er jede Linie ihres Gesichtes nachgezeichnet, an jede Stelle ihres üppigen Körpers unsichtbar gerührt hatte. Draußen fiel drückend das Dunkel nieder, die Wälder seufzten in kindischer Furcht, als jetzt die großen Regenwolken graue Hände nach ihnen reckten, immer finstrer drängten die Schatten ins Zimmer hinein, immer mehr schienen die Menschen hier zusammengepreßt durch das Schweigen. Das Gespräch der Mutter mit ihrem Kinde wurde, das merkte er, unter der Drohung dieser Stille immer gezwungener, immer künstlicher, bald, fühlte er, würde es zu Ende sein. Da beschloß er eine Probe. Er stand als erster auf, ging langsam, mit einem langen Blick auf die Landschaft an ihr vorbeisehend, zur Türe. Dort zuckte er rasch, als hätte er etwas vergessen, mit dem Kopf herum. Und ertappte sie, wie sie ihm lebhaften Blickes nachsah.

Das reizte ihn. Er wartete in der Hall. Sie kam bald

nach, den Buben an der Hand, blätterte im Vorübergehen unter den Zeitschriften, zeigte dem Kind ein paar Bilder. Aber als der Baron, wie zufällig, an den Tisch trat, anscheinend, um auch eine Zeitschrift zu suchen, in Wahrheit, um tiefer in das feuchte Glitzern ihrer Augen zu dringen, vielleicht sogar ein Gespräch zu beginnen, wandte sie sich weg, klopfte ihrem Sohn leicht auf die Schulter: *»Viens, Edgar! Au lit!«* und rauschte kühl an ihm vorbei. Ein wenig enttäuscht, sah ihr der Baron nach. Er hatte eigentlich auf ein Bekanntwerden noch an diesem Abend gerechnet, und diese schroffe Art enttäuschte ihn. Aber schließlich, in diesem Widerstand war Reiz, und gerade das Unsichere entzündete seine Begier. Immerhin: er hatte seinen Partner, und ein Spiel konnte beginnen.

## *Rasche Freundschaft*

Als der Baron am nächsten Morgen in die Hall trat, sah er dort das Kind der schönen Unbekannten in eifrigem Gespräch mit den beiden Liftboys, denen es Bilder in einem Buch von Karl May zeigte. Seine Mama war nicht zugegen, offenbar noch mit der Toilette beschäftigt. Jetzt erst besah sich der Baron den Buben. Es war ein scheuer, unentwickelter nervöser Junge von etwa zwölf Jahren mit fahrigen Bewegungen und dunkel herumjagenden Augen. Er machte,

wie Kinder in diesen Jahren so oft, den Eindruck von Verschrecktheit, gleichsam als ob er eben aus dem Schlaf gerissen und plötzlich in fremde Umgebung gestellt sei. Sein Gesicht war nicht unhübsch, aber noch ganz unentschieden, der Kampf des Männlichen mit dem Kindlichen schien eben erst einsetzen zu wollen, noch war alles darin nur wie geknetet und noch nicht geformt, nichts in reinen Linien ausgesprochen, nur blaß und unruhig gemengt. Überdies war er gerade in jenem unvorteilhaften Alter, wo Kinder nie in ihre Kleider passen, Ärmel und Hosen schlaff um die mageren Gelenke schlottern und noch keine Eitelkeit sie mahnt, auf ihr Äußeres zu wachen.
Der Junge machte hier, unschlüssig herumirrend, einen recht kläglichen Eindruck. Eigentlich stand er allen im Wege. Bald schob ihn der Portier beiseite, den er mit allerhand Fragen zu belästigen schien, bald störte er am Eingang; offenbar fehlte es ihm an freundschaftlichem Umgang. So suchte er in seinem kindlichen Schwatzbedürfnis sich an die Bediensteten des Hotels heranzumachen, die ihm, wenn sie gerade Zeit hatten, antworteten, das Gespräch aber sofort unterbrachen, wenn ein Erwachsener in Sicht kam oder etwas Vernünftiges getan werden mußte. Der Baron sah lächelnd und mit Interesse dem unglücklichen Buben zu, der auf alles mit Neugier schaute und dem alles unfreundlich entwich. Einmal faßte er einen dieser neugierigen Blicke fest an, aber die schwarzen

Augen krochen sofort ängstlich in sich hinein, sobald er sie auf der Suche ertappte, und duckten sich hinter gesenkten Lidern. Das amüsierte den Baron. Der Bub begann ihn zu interessieren, und er fragte sich, ob ihm dieses Kind, das offenbar nur aus Furcht so scheu war, nicht als raschester Vermittler einer Annäherung dienen könnte. Immerhin: er wollte es versuchen. Unauffällig folgte er dem Buben, der eben wieder zur Türe hinauspendelte und in seinem kindischen Zärtlichkeitsbedürfnis die rosa Nüstern eines Schimmels liebkoste, bis ihn – er hatte wirklich kein Glück – auch hier der Kutscher ziemlich barsch wegwies. Gekränkt und gelangweilt stand er jetzt wieder herum mit seinem leeren und ein wenig traurigen Blick. Da sprach ihn der Baron an.

»Na, junger Mann, wie gefällts dir da?« setzte er plötzlich ein, bemüht, die Ansprache möglichst jovial zu halten.

Das Kind wurde feuerrot und starrte ängstlich auf. Es zog die Hand irgendwie in Furcht an sich und wand sich hin und her vor Verlegenheit. Das geschah ihm zum erstenmal, daß ein fremder Herr mit ihm ein Gespräch begann.

»Ich danke, gut«, konnte er gerade noch herausstammeln. Das letzte Wort war schon mehr gewürgt als gesprochen.

»Das wundert mich«, sagte der Baron lachend, »es ist doch eigentlich ein fader Ort, besonders für einen

jungen Mann, wie du einer bist. Was treibst du denn den ganzen Tag?«
Der Bub war noch immer zu sehr verwirrt, um rasch zu antworten. War es wirklich möglich, daß dieser fremde elegante Herr mit ihm, um den sich sonst keiner kümmerte, ein Gespräch suchte? Der Gedanke machte ihn scheu und stolz zugleich. Mühsam raffte er sich zusammen.
»Ich lese, und dann, wir gehen viel spazieren. Manchmal fahren wir auch im Wagen, die Mama und ich. Ich soll mich hier erholen, ich war krank. Ich muß darum auch viel in der Sonne sitzen, hat der Arzt gesagt.«
Die letzten Worte sagte er schon ziemlich sicher. Kinder sind immer stolz auf eine Krankheit, weil sie wissen, daß Gefahr sie ihren Angehörigen doppelt wichtig macht.
»Ja, die Sonne ist schon gut für junge Herren, wie du einer bist, sie wird dich schon braun brennen. Aber du solltest doch nicht den ganzen Tag dasitzen. Ein Bursch wie du sollte herumlaufen, übermütig sein und auch ein bißchen Unfug anstellen. Mir scheint, du bist zu brav, du siehst auch so aus wie ein Stubenhocker mit deinem großen dicken Buch unterm Arm. Wenn ich denke, was ich in deinem Alter für ein Galgenstrick war, jeden Abend bin ich mit zerrissenen Hosen nach Hause gekommen. Nur nicht zu brav sein!«
Unwillkürlich mußte das Kind lächeln, und das nahm ihm die Angst. Es hätte gern etwas erwidert, aber all

dies schien ihm zu frech, zu selbstbewußt vor diesem lieben fremden Herrn, der so freundlich mit ihm sprach. Vorlaut war er nie gewesen und immer leicht verlegen, und so kam er jetzt vor Glück und Scham in die ärgste Verwirrung. Er hätte so gern das Gespräch fortgesetzt, aber es fiel ihm nichts ein. Glücklicherweise kam gerade der große gelbe Bernhardiner des Hotels vorbei, schnüffelte sie beide an und ließ sich willig liebkosen.

»Hast du Hunde gern?« fragte der Baron.

»O sehr, meine Großmama hat einen in ihrer Villa in Baden, und wenn wir dort wohnen, ist er immer den ganzen Tag mit mir. Das ist aber nur im Sommer, wenn wir dort zu Besuch sind.«

»Wir haben zu Hause, auf unserem Gut, ich glaube, zwei Dutzend. Wenn du hier brav bist, kriegst du einen von mir geschenkt. Einen braunen mit weißen Ohren, einen ganz jungen. Willst du?«

Das Kind errötete vor Vergnügen.

»O ja.«

Es fuhr ihm so heraus, heiß und gierig. Aber gleich hinterher stolperte, ängstlich und wie erschrocken, das Bedenken.

»Aber Mama wird es nicht erlauben. Sie sagt, sie duldet keinen Hund zu Hause. Sie machen zuviel Schererei.«

Der Baron lächelte. Endlich hielt das Gespräch bei der Mama.

»Ist die Mama so streng?«
Das Kind überlegte, blickte eine Sekunde zu ihm auf, gleichsam fragend, ob man diesem fremden Herrn schon vertrauen dürfe. Die Antwort blieb vorsichtig:
»Nein, streng ist die Mama nicht. Jetzt, weil ich krank war, erlaubt sie mir alles. Vielleicht erlaubt sie mir sogar einen Hund.«
»Soll ich sie darum bitten?«
»Ja, bitte tun Sie das«, jubelte der Bub. »Dann wird es die Mama sicher erlauben. Und wie sieht er aus? Weiße Ohren hat er, nicht wahr? Kann er apportieren?«
»Ja, er kann alles.« Der Baron mußte lächeln über die heißen Funken, die er so rasch aus den Augen des Kindes geschlagen hatte. Mit einem Male war die anfängliche Befangenheit gebrochen, und die von der Angst zurückgehaltene Leidenschaftlichkeit sprudelte über. In blitzschneller Verwandlung war das scheue verängstigte Kind von früher ein ausgelassener Bub. ›Wenn nur die Mutter auch so wäre‹, dachte unwillkürlich der Baron, ›so heiß hinter ihrer Angst!‹ Aber schon sprang der Bub mit zwanzig Fragen an ihm hinauf:
»Wie heißt der Hund?«
»Karo.«
»Karo«, jubelte das Kind. Es mußte irgendwie lachen und jubeln über jedes Wort, ganz betrunken von dem unerwarteten Geschehen, daß sich jemand seiner in

Freundlichkeit angenommen hatte. Der Baron staunte selbst über seinen raschen Erfolg und beschloß, das heiße Eisen zu schmieden. Er lud den Knaben ein, mit ihm ein bißchen spazierenzugehen, und der arme Bub, seit Wochen ausgehungert nach einem geselligen Beisammensein, war von diesem Vorschlag entzückt. Unbedacht plauderte er alles aus, was ihm sein neuer Freund mit kleinen, wie zufälligen Fragen entlockte. Bald wußte der Baron alles über die Familie, vor allem, daß Edgar der einzige Sohn eines Wiener Advokaten sei, offenbar aus der vermögenden jüdischen Bourgeoisie. Und durch geschickte Umfragen erkundete er rasch, daß die Mutter sich über den Aufenthalt am Semmering durchaus nicht entzückt geäußert und den Mangel an sympathischer Gesellschaft beklagt habe, ja er glaubte sogar, aus der ausweichenden Art, mit der Edgar die Frage beantwortete, ob die Mama den Papa sehr gern habe, entnehmen zu können, daß hier nicht alles zum besten stünde. Beinahe schämte er sich, wie leicht es ihm wurde, dem arglosen Buben all diese kleinen Familiengeheimnisse zu entlocken, denn Edgar, ganz stolz, daß irgend etwas von dem, was er zu erzählen hatte, einen Erwachsenen interessieren konnte, drängte sein Vertrauen dem neuen Freunde geradezu auf. Sein kindisches Herz klopfte vor Stolz – der Baron hatte im Spazierengehen ihm seinen Arm um die Schulter gelegt –, in solcher Intimität öffentlich mit einem Erwachsenen gesehen zu werden, und allmählich vergaß er seine eigene Kindheit, schnatterte frei und ungezwungen wie zu einem Gleichaltrigen. Edgar war, wie sein Gespräch zeigte, sehr klug, etwas frühreif wie die meisten kränklichen Kinder, die viel mit Erwachsenen beisammen waren, und von einer merkwürdig überreizten Leidenschaft der Zuneigung oder Feindlichkeit. Zu nichts schien er ein ruhiges Verhältnis zu haben, von jedem Menschen oder Ding sprach er entweder in Verzückung oder mit einem Hasse, der so heftig war, daß er sein Gesicht unangenehm verzerrte und es fast bösartig und häßlich machte. Etwas Wildes und Sprunghaftes, vielleicht noch bedingt durch die kürzlich überstandene Krankheit, gab seinen Reden fanatisches Feuer, und es schien, daß seine Linkischkeit nur mühsam unterdrückte Angst vor der eigenen Leidenschaft war.

Der Baron gewann mit Leichtigkeit sein Vertrauen. Eine halbe Stunde bloß, und er hatte dieses heiße und unruhig zuckende Herz in der Hand. Es ist ja so unsäglich leicht, Kinder zu betrügen, diese Arglosen, um deren Liebe so selten geworben wird. Er brauchte sich selbst nur in die Vergangenheit zu vergessen, und so natürlich, so ungezwungen wurde ihm das kindliche Gespräch, daß auch der Bub ihn ganz als seinesgleichen empfand und nach wenigen Minuten jedes Distanzgefühl verlor. Er war nur selig von Glück, hier in diesem einsamen Ort plötzlich einen Freund gefunden zu haben, und welch einen Freund! Vergessen waren sie alle in Wien, die kleinen Jungen mit ihren dünnen Stimmen, ihrem unerfahrenen Geschwätz, wie weggeschwemmt waren ihre Bilder von dieser einen neuen Stunde! Seine ganze schwärmerische Leidenschaft gehörte jetzt diesem neuen, seinem großen Freunde, und sein Herz dehnte sich vor Stolz, als dieser ihn jetzt zum Abschied nochmals einlud, morgen vormittags wiederzukommen, und der neue Freund ihm nun zuwinkte von der Ferne, ganz wie ein Bruder. Diese Minute war vielleicht die schönste seines Lebens. Es ist so leicht, Kinder zu betrügen. – Der Baron lächelte dem Davonstürmenden nach. Der Vermittler war nun gewonnen. Der Bub würde jetzt, das wußte er, seine Mutter mit Erzählungen bis zur Erschöpfung quälen, jedes einzelne Wort wiederholen – und dabei erinnerte er sich mit Vergnügen, wie geschickt er einige Komplimente an ihre Adresse eingeflochten, wie er immer nur von Edgars »schöner Mama« gesprochen hatte. Es war ausgemachte Sache für ihn, daß der mitteilsame Knabe nicht früher ruhen würde, ehe er seine Mama und ihn zusammengeführt hätte. Er selbst brauchte nun keinen Finger zu rühren, um die Distanz zwischen sich und der schönen Unbekannten zu verringern, konnte nun ruhig träumen und die Landschaft überschauen, denn er wußte, ein paar heiße Kinderhände bauten ihm die Brücke zu ihrem Herzen.

Der Plan war, wie sich eine Stunde später erwies, vortrefflich und bis in die letzten Einzelheiten gelungen. Als der junge Baron, mit Absicht etwas verspätet, den Speisesaal betrat, zuckte Egar vom Sessel auf, grüßte eifrig mit einem beglückten Lächeln und winkte ihm zu. Gleichzeitig zupfte er seine Mutter am Ärmel, sprach hastig und erregt auf sie ein, mit auffälligen Gesten gegen den Baron hindeutend. Sie verwies ihm geniert und errötend sein allzu reges Benehmen, konnte es aber doch nicht vermeiden, einmal hinüberzusehen, um dem Buben seinen Willen zu tun, was der Baron sofort zum Anlaß einer respektvollen Verbeugung nahm. Die Bekanntschaft war gemacht. Sie mußte danken, beugte aber von nun ab das Gesicht tiefer über den Teller und vermied sorgfältig während des ganzen Diners nochmals hinüberzublicken. Anders Edgar, der unablässig hinguckte, einmal sogar versuchte hinüberzusprechen, eine Unstatthaftigkeit, die ihm sofort von seiner Mutter energisch verwiesen wurde. Nach Tisch wurde ihm bedeutet, daß er schlafen zu gehen habe, und ein emsiges Wispern begann zwischen ihm und seiner Mama, dessen Endresultat war, daß es seinen heißen Bitten verstattet wurde, zum andern Tisch hinüberzugehen und sich bei seinem Freund zu empfehlen. Der Baron sagte ihm ein paar herzliche Worte, die wieder die Augen des Kindes

zum Flackern brachten, plauderte mit ihm ein paar Minuten. Plötzlich aber, mit einer geschickten Wendung, drehte er sich, aufstehend, zum andern Tisch hinüber, beglückwünschte die etwas verwirrte Nachbarin zu ihrem klugen, aufgeweckten Sohn, rühmte den Vormittag, den er so vortrefflich mit ihm verbracht hatte – Edgar stand dabei, rot vor Freude und Stolz –, und erkundigte sich schließlich nach seiner Gesundheit, so ausführlich und mit so viel Einzelfragen, daß die Mutter zur Antwort gezwungen war. Und so gerieten sie unaufhaltsam in ein längeres Gespräch, dem der Bub beglückt und mit einer Art Ehrfurcht lauschte. Der Baron stellte sich vor und glaubte zu bemerken, daß sein klingender Name auf die Eitle einen gewissen Eindruck machte. Jedenfalls war sie von außerordentlicher Zuvorkommenheit gegen ihn, wiewohl sie sich nichts vergab und sogar frühen Abschied nahm, des Buben halber, wie sie entschuldigend beifügte.
Der protestierte heftig, er sei nicht müde und gerne bereit, die ganze Nacht aufzubleiben. Aber schon hatte seine Mutter dem Baron die Hand geboten, der sie respektvoll küßte.
Edgar schlief schlecht in dieser Nacht. Es war eine Wirrnis in ihm von Glückseligkeit und kindischer Verzweiflung. Denn heute war etwas Neues in seinem Leben geschehn. Zum ersten Male hatte er in die Schicksale von Erwachsenen eingegriffen. Er vergaß,

schon im Halbtraum, seine eigene Kindheit und dünkte sich mit einem Male groß. Bisher hatte er, einsam erzogen und oft kränklich, wenig Freunde gehabt. Für all sein Zärtlichkeitsbedürfnis war niemand dagewesen als die Eltern, die sich wenig um ihn kümmerten, und die Dienstboten. Und die Gewalt einer Liebe wird immer falsch bemessen, wenn man sie nur nach ihrem Anlaß wertet und nicht nach der Spannung, die ihr vorausgeht, jenem hohlen, dunkeln Raum von Enttäuschung und Einsamkeit, die vor allen großen Ereignissen des Herzens liegt. Ein überschweres, ein unverbrauchtes Gefühl hatte hier gewartet und stürzte nun mit ausgebreiteten Armen dem ersten entgegen, der es zu verdienen schien. Edgar lag im Dunkeln, beglückt und verwirrt, er wollte lachen und mußte weinen. Denn er liebte diesen Menschen, wie er nie einen Freund, nie Vater und Mutter und nicht einmal Gott geliebt hatte. Die ganze unreife Leidenschaft seiner früheren Jahre umklammerte das Bild dieses Menschen, dessen Namen er vor zwei Stunden noch nicht gekannt hatte.

Aber er war doch klug genug, um durch das Unerwartete und Eigenartige dieser neuen Freundschaft nicht bedrängt zu sein. Was ihn so sehr verwirrte, war das Gefühl seiner Unwertigkeit, seiner Nichtigkeit. ›Bin ich denn seiner würdig, ich, ein kleiner Bub, zwölf Jahre alt, der noch die Schule vor sich hat, der abends vor allen andern ins Bett geschickt wird?‹ quälte er sich ab. ›Was kann ich ihm sein, was kann ich ihm bieten?‹ Gerade dieses qualvoll empfundene Unvermögen, irgendwie sein Gefühl zeigen zu können, machte ihn unglücklich. Sonst, wenn er einen Kameraden liebgewonnen hatte, war es sein Erstes, die paar kleinen Kostbarkeiten seines Pultes, Briefmarken und Steine, den kindischen Besitz der Kindheit, mit ihm zu teilen, aber all diese Dinge, die ihm gestern noch von hoher Bedeutung und seltenem Reiz waren, schienen ihm mit einem Male entwertet, läppisch und verächtlich. Denn wie konnte er derlei diesem neuen Freunde bieten, dem er nicht einmal wagen durfte, das Du zu erwidern; wo war ein Weg, eine Möglichkeit, seine Gefühle zu verraten? Immer mehr und mehr empfand er die Qual, klein zu sein, etwas Halbes, Unreifes, ein Kind von zwölf Jahren, und noch nie hatte er so stürmisch das Kindsein verflucht, so herzlich sich gesehen, anders aufzuwachen, so wie er sich träumte: groß und stark, ein Mann, ein Erwachsener wie die andern.

In diese unruhigen Gedanken flochten sich rasch die ersten farbigen Träume von dieser neuen Welt des Mannseins. Edgar schlief endlich mit einem Lächeln ein, aber doch, die Erinnerung der morgigen Verabredung unterhöhlte seinen Schlaf. Er schreckte schon um sieben Uhr mit der Angst auf, zu spät zu kommen. Hastig zog er sich an, begrüßte die erstaunte Mutter, die ihn sonst nur mit Mühe aus dem Bette bringen konnte, in ihrem Zimmer und stürmte, ehe sie weitere Fragen stellen konnte, hinab. Bis neun Uhr trieb er sich ungeduldig umher, vergaß sein Frühstück, einzig besorgt, den Freund für den Spaziergang nicht lange warten zu lassen.

Um halb zehn kam endlich der Baron sorglos angeschlendert. Er hatte natürlich längst die Verabredung vergessen, jetzt aber, da der Knabe gierig auf ihn losschnellte, mußte er lächeln über so viel Leidenschaft und zeigte sich bereit, sein Versprechen einzuhalten. Er nahm den Buben wieder unterm Arm, ging mit dem Strahlenden auf und nieder, nur daß er sanft, aber nachdrücklich abwehrte, schon jetzt den gemeinsamen Spaziergang zu beginnen. Er schien auf irgend etwas zu warten, wenigstens deutete darauf sein nervös die Türen abgreifender Blick. Plötzlich straffte er sich empor. Edgars Mama war hereingetreten und kam, den Gruß erwidernd, freundlich auf beide zu. Sie lächelte zustimmend, als sie von dem beabsichtigten Spaziergang vernahm, den ihr Edgar als etwas zu Kostbares verschwiegen hatte, ließ sich aber rasch von der Einladung des Barons zum Mitgehen bestimmen. Edgar wurde sofort mürrisch und biß die Lippen. Wie ärgerlich, daß sie gerade jetzt vorbeikommen mußte! Dieser Spaziergang hatte doch ihm allein gehört, und wenn er seinen Freund auch der Mama vorgestellt hatte, so war das nur eine Liebenswürdigkeit von ihm gewesen, aber teilen wollte er ihn deshalb nicht. Schon regte sich in ihm etwas wie Eifersucht, als er die Freundlichkeit des Barons zu seiner Mutter bemerkte.

Sie gingen dann zu dritt spazieren, und das gefährliche Gefühl seiner Wichtigkeit und plötzlichen Bedeutsamkeit wurde in dem Kinde noch genährt durch das auffällige Interesse, das beide ihm widmeten. Edgar war fast ausschließlich Gegenstand der Konversation, indem sich die Mutter mit etwas erheuchelter Besorgnis über seine Blässe und Nervosität aussprach, während der Baron wieder dies lächelnd abwehrte und sich rühmend über die nette Art seines »Freundes«, wie er ihn nannte, erging. Es war Edgars schönste Stunde. Er hatte Rechte, die ihm niemals im Laufe seiner Kindheit zugestanden worden waren. Er durfte mitreden, ohne sofort zur Ruhe verwiesen zu werden, sogar allerhand vorlaute Wünsche äußern, die ihm bislang übel aufgenommen worden wären. Und es war nicht verwunderlich, daß in ihm das trügerische Gefühl üppig wuchernd wuchs, daß er ein Erwachsener sei. Schon lag die Kindheit in seinen hellen Träumen hinter ihm, wie ein weggeworfenes entwachsenes Kleid.

Mittag saß der Baron, der Einladung der immer freundlicheren Mutter Edgars folgend, an ihrem Tisch. Aus dem Vis-à-vis war ein Nebeneinander geworden, aus der Bekanntschaft eine Freundschaft. Das Terzett war im Gang, und die drei Stimmen der Frau, des Mannes und des Kindes klangen rein zusammen.

## *Angriff*

Nun schien es dem ungeduldigen Jäger an der Zeit, sein Wild anzuschleichen. Das Familiäre, der Dreiklang in dieser Angelegenheit mißfiel ihm. Es war ja ganz nett, so zu dritt zu plaudern, aber schließlich, Plaudern war nicht seine Absicht. Und er wußte, daß das Gesellschaftliche mit dem Maskenspiel seiner Begehrlichkeit das Erotische zwischen Mann und Frau immer retardiert, den Worten die Glut, dem Angriff sein Feuer nimmt. Sie sollte über der Konversation nie seine eigentliche Absicht vergessen, die er – dessen war er sicher – von ihr bereits verstanden wußte.

Daß sein Bemühen bei dieser Frau nicht vergeblich sein würde, hatte viel Wahrscheinlichkeiten. Sie war in jenen entscheidenden Jahren, wo eine Frau zu bereuen beginnt, einem eigentlich nie geliebten Gatten treu geblieben zu sein, und wo der purpurne Sonnenuntergang ihrer Schönheit ihr noch eine letzte dringlichste Wahl zwischen dem Mütterlichen und dem Weiblichen gewährt. Das Leben, das schon längst beantwortet schien, wird in dieser Minute noch einmal zur Frage, zum letzten Male zittert die magnetische Nadel des Willens zwischen der Hoffnung auf erotisches Erleben und der endgültigen Resignation. Eine Frau hat dann die gefährliche Entscheidung, ihr eigenes Schicksal oder das ihrer Kinder zu leben, Frau oder Mutter zu sein. Und der Baron, scharfsichtig in diesen

Dingen, glaubte bei ihr gerade dieses gefährliche Schwanken zwischen Lebensglut und Aufopferung zu bemerken. Sie vergaß beständig im Gespräch, ihren Gatten zu erwähnen, der offenbar nur ihren äußeren Bedürfnissen, nicht aber ihren durch vornehme Lebensführung gereizten Snobismus zu befriedigen schien, und wußte innerlich eigentlich herzlich wenig von ihrem Kinde. Ein Schatten von Langeweile, als Melancholie in den dunklen Augen verschleiert, lag über ihrem Leben und verdunkelte ihre Sinnlichkeit. Der Baron beschloß, rasch vorzugehen, aber gleichzeitig jeden Anschein von Eile zu vermeiden. Im Gegenteil, er wollte, wie der Angler den Haken lokkend zurückzieht, dieser neuen Freundschaft seinerseits äußerliche Gleichgültigkeit entgegensetzen, wollte um sich werben lassen, während er doch in Wahrheit der Werbende war. Er nahm sich vor, einen gewissen Hochmut zu outrieren, den Unterschied ihres sozialen Standes scharf herauszukehren, und der Gedanke reizte ihn, nur durch das Betonen seines Hochmutes, durch ein Äußeres, durch einen klingenden aristokratischen Namen und kalte Manieren diesen üppigen, vollen, schönen Körper gewinnen zu können.

Das heiße Spiel begann ihn schon zu erregen, und darum zwang er sich zur Vorsicht. Den Nachmittag verblieb er in seinem Zimmer mit dem angenehmen Bewußtsein, gesucht und vermißt zu werden. Aber diese Abwesenheit wurde nicht so sehr von ihr bemerkt, gegen die sie eigentlich gezielt war, sondern gestaltete sich für den armen Buben zur Qual. Edgar fühlte sich den ganzen Nachmittag unendlich hilflos und verloren; mit der Knaben eigenen, hartnäckigen Treue wartete er die ganzen langen Stunden unablässig auf seinen Freund. Es wäre ihm wie ein Vergehen gegen die Freundschaft erschienen, wegzugehen oder irgend etwas allein zu tun. Unnütz trollte er sich in den Gängen herum, und je später es wurde, um so mehr füllte sich sein Herz mit Unglück an. In der Unruhe seiner Phantasie träumte er schon von einem Unfall oder einer unbewußt zugefügten Beleidigung und war schon nahe daran, zu weinen vor Ungeduld und Angst.

Als der Baron dann abends zu Tisch kam, wurde er glänzend empfangen. Edgar sprang, ohne auf den abmahnenden Ruf seiner Mutter und das Erstaunen der anderen Leute zu achten, ihm entgegen, umfaßte stürmisch seine Brust mit den mageren Ärmchen. »Wo waren Sie? Wo sind Sie gewesen?« rief er hastig. »Wir haben Sie überall gesucht.« Die Mutter errötete bei dieser unwillkommenen Einbeziehung und sagte ziemlich hart: *»Sois sage, Edgar. Assieds toi!«* (Sie sprach nämlich immer französisch mit ihm, obwohl ihr diese Sprache gar nicht so sehr selbstverständlich war und sie bei umständlichen Erläuterungen leicht auf Sand geriet.) Edgar gehorchte, ließ aber nicht ab, den Baron auszufragen. »Aber vergiß doch nicht, daß der Herr Baron tun kann, was er will. Vielleicht langweilt ihn unsere Gesellschaft.« Diesmal bezog sie sich selber ein, und der Baron fühlte mit Freude, wie dieser Vorwurf um ein Kompliment warb.

Der Jäger in ihm wachte auf. Er war berauscht, erregt, so rasch hier die richtige Fährte gefunden zu haben, das Wild ganz nahe vor dem Schuß nun zu fühlen. Seine Augen glänzten, das Blut flog ihm leicht durch die Adern, die Rede sprudelte ihm, er wußte selbst nicht wie, von den Lippen. Er war, wie jeder stark erotisch veranlagte Mensch, doppelt so gut, doppelt er selbst, wenn er wußte, daß er Frauen gefiel, so wie manche Schauspieler erst feurig werden, wenn sie die Hörer, die atmende Masse vor ihnen ganz im Bann spüren. Er war immer ein guter, mit sinnlichen Bildern begabter Erzähler gewesen, aber heute – er trank ein paar Gläser Champagner dazwischen, den er zu Ehren der neuen Freundschaft bestellt hatte – übertraf er sich selbst. Er erzählte von indischen Jagden, denen er als Gastfreund eines hohen aristokratischen englischen Freundes beigewohnt hatte, klug dies Thema wählend, weil es indifferent war und er anderseits spürte, wie alles Exotische und für sie Unerreichbare diese Frau erregte. Wen er aber damit bezauberte, das war vor allem Edgar, dessen Augen vor Begeisterung flammten. Er vergaß zu essen, zu trinken und starrte dem Erzähler die Worte von den Lippen weg. Nie hatte er gehofft, einen Menschen wirklich zu sehen, der diese ungeheuren Dinge erlebt hatte, von denen er in seinen Büchern las, die Tigerjagden, die braunen Menschen, die Hindus und das Dschaggernat, das furchtbare Rad, das tausend Menschen unter seinen Speichen begrub. Bislange hatte er nie daran gedacht, daß es solche Menschen wirklich gäbe, so wenig wie er die Länder der Märchen glaubte, und diese Sekunde sprengte in ihm irgendein großes Gefühl zum ersten Male auf. Er konnte den Blick von seinem Freunde nicht wenden, starrte mit gepreßtem Atem auf die Hände da hart vor ihm, die einen Tiger getötet hatten. Kaum wagte er etwas zu fragen, und dann klang seine Stimme fieberig erregt. Seine rasche Phantasie zauberte ihm immer das Bild zu den Erzählungen herauf, er sah den Freund hoch auf einem Elefanten mit purpurner Schabracke, braune Männer rechts und links mit kostbaren Turbans und dann plötzlich den Tiger, der mit seinen gebleckten Zähnen aus dem Dschungel vorsprang und dem Elefanten die Pranke in den Rüssel schlug. Jetzt erzählte der Baron noch Interessanteres, wie listig man Elefanten fing, indem man durch alte, gezähmte Tiere die jungen, wilden und übermütigen in die Verschläge locken ließ: die Augen des Kindes sprühten Feuer. Da sagte – ihm war, als fiele blitzend ein Messer vor ihm nieder – die Mama plötzlich, mit einem Blick auf die Uhr: *»Neuf heures! Au lit!«*

Edgar wurde blaß vor Schreck. Für alle Kinder ist das

Zu-Bette-geschickt-Werden ein furchtbares Wort, weil es für sie die offenkundigste Demütigung vor den Erwachsenen ist, das Eingeständnis, das Stigma der Kindheit, des Kleinseins, der kindischen Schlafbedürftigkeit. Aber wie furchtbar war solche Schmach in diesem interessantesten Augenblick, da sie ihn solche unerhörte Dinge versäumen ließ.

»Nur das eine noch, Mama, das von den Elefanten, nur das laß mich hören!«

Er wollte zu betteln beginnen, besann sich aber rasch auf seine neue Würde als Erwachsener. Einen einzigen Versuch wagte er bloß. Aber seine Mutter war heute merkwürdig streng. »Nein, es ist schon spät. Geh nur hinauf! *Sois sage, Edgar.* Ich erzähl dir schon alle die Geschichten des Herrn Barons genau wieder.«

Edgar zögerte. Sonst begleitete ihn seine Mutter immer zu Bette. Aber er wollte nicht betteln vor dem Freunde. Sein kindischer Stolz wollte diesem kläglichen Abgang noch einen Schein von Freiwilligkeit retten.

»Aber wirklich, Mama, du erzählst mir alles, alles! Das von den Elefanten und alles andere!«

»Ja, mein Kind.«

»Und sofort! Noch heute!«

»Ja, ja, aber jetzt geh nur schlafen. Geh!« Edgar bewunderte sich selbst, daß es ihm gelang, dem Baron und seiner Mama die Hand zu reichen, ohne zu erröten, obschon das Schluchzen ihm schon ganz hoch in der Kehle saß. Der Baron beutelte ihm freundschaftlich den Schopf, das zwang noch ein Lächeln über sein gespanntes Gesicht. Aber dann mußte er rasch zur Türe eilen, sonst hätten sie gesehen, wie ihm die dicken Tränen über die Wangen liefen.

## *Die Elefanten*

Die Mutter blieb noch eine Zeitlang unten mit dem Baron bei Tisch, aber sie sprachen nicht von Elefanten und Jagden mehr. Eine leise Schwüle, eine rasch auffliegende Verlegenheit kam in ihr Gespräch, seit der Bub sie verlassen hatte. Schließlich gingen sie hinüber in die Hall und setzten sich in eine Ecke. Der Baron war blendender als je, sie selbst leicht befeuert durch die paar Glas Champagner, und so nahm die Konversation rasch einen gefährlichen Charakter an. Der Baron war eigentlich nicht hübsch zu nennen, er war nur jung und blickte sehr männlich aus seinem dunkelbraunen energischen Bubengesicht mit dem kurzgeschorenen Haar und entzückte sie durch die frischen, fast ungezogenen Bewegungen. Sie sah ihn gern jetzt von der Nähe und fürchtete auch nicht mehr seinen Blick. Doch allmählich schlich sich in seine Reden eine Kühnheit, die sie leicht verwirrte, etwas, das wie Greifen an ihrem Körper war, ein Betasten und wieder Lassen, irgendein unfaßbar Begehrliches, das ihr das Blut in die Wangen trieb. Aber dann lachte er wieder leicht, ungezwungen, knabenhaft, und das gab all den kleinen Begehrlichkeiten den losen Schein kindlicher Scherze. Manchmal war ihr, als müßte sie ein Wort schroff zurückweisen, aber kokett von Natur, wurde sie durch diese kleinen Lüsternheiten nur gereizt, mehr abzuwarten. Und hingerissen von dem verwegenen Spiel versuchte sie am Ende sogar, ihm nachzutun. Sie warf kleine, flatternde Versprechungen auf den Blicken hinüber, gab sich in Worten und Bewegungen schon hin, duldete sogar sein Heranrükken, die Nähe dieser Stimme, deren Atem sie manchmal warm und zuckend an den Schultern spürte. Wie alle Spieler vergaßen sie die Zeit und verloren sich so gänzlich in dem heißen Gespräch, daß sie erst aufschreckten, als die Hall sich um Mitternacht abzudunkeln begann.

Sie sprang sofort empor, dem ersten Erschrecken gehorchend, und fühlte mit einem Male, wie verwegen weit sie sich vorgewagt hatte. Ihr war sonst das Spiel mit dem Feuer nicht fremd, aber jetzt spürte ihr aufgereizter Instinkt, wie nahe dieses Spiel schon dem Ernste war. Mit Schauern entdeckte sie, daß sie sich nicht mehr ganz sicher fühlte, daß irgend etwas in ihr zu gleiten begann und sich beängstigend dem Wirbel zudrehte. Im Kopf wogte alles in einem Wirbel von Angst, von Wein und heißen Reden, eine dumme, sinnlose Angst überfiel sie, jene Angst, die sie schon einige Male in ihrem Leben in solchen gefährlichen Sekunden gekannt hatte, aber nie so schwindelnd und gewalttätig. »Gute Nacht, gute Nacht. Auf morgen früh«, sagte sie hastig und wollte entlaufen. Entlaufen nicht ihm so sehr, wie der Gefahr dieser Minute und einer neuen, fremdartigen Unsicherheit in sich selbst. Aber der Baron hielt die dargebotene Abschiedshand mit sanfter Gewalt, küßte sie, und nicht nur in Korrektheit ein einziges Mal, sondern vier- oder fünfmal mit den Lippen von den feinen Fingerspitzen bis hinauf zum Handgelenk, zitternd, wobei sie mit einem leichten Frösteln seinen rauhen Schnurrbart über den Handrücken kitzeln fühlte. Irgendein warmes und beklemmendes Gefühl flog von dort mit dem Blut durch den ganzen Körper, Angst schoß heiß empor, hämmerte drohend an die Schläfen, ihr Kopf glühte, die Angst, die sinnlose Angst zuckte jetzt durch ihren ganzen Körper, und sie entzog ihm rasch die Hand.

»Bleiben Sie doch noch«, flüsterte der Baron. Aber schon eilte sie fort mit einer Ungelenkigkeit der Hast, die ihre Angst und Verwirrung augenfällig machte. In ihr war jetzt die Erregtheit, die der andere wollte, sie fühlte, wie alles in ihr verworren war. Die grausam brennende Angst jagte sie, der Mann hinter ihr möchte ihr folgen und sie fassen, gleichzeitig aber, noch im Entspringen, spürte sie schon ein Bedauern, daß er es nicht tat. In dieser Stunde hätte das geschehen können, was sie seit Jahren unbewußt ersehnte, das Abenteuer, dessen nahen Hauch sie wollüstig liebte, um ihm bisher immer im letzten Augenblick zu entweichen, das große und gefährliche, nicht nur der flüchtige, aufreizende Flirt. Aber der Baron war zu stolz, einer günstigen Sekunde nachzulaufen. Er war seines Sieges zu gewiß, um diese Frau räuberisch in einer schwachen, weintrunkenen Minute zu nehmen, im Gegenteil, den fairen Spieler reizte nur der Kampf und die Hingabe bei vollem Bewußtsein. Entrinnen konnte sie ihm nicht. Ihr zuckte, das merkte er, das heiße Gift schon in den Adern.

Oben auf der Treppe blieb sie stehen, die Hand an das keuchende Herz gepreßt. Sie mußte ausruhen eine Sekunde. Ihre Nerven versagten. Ein Seufzer brach aus der Brust, halb Beruhigung, einer Gefahr entronnen zu sein, halb Bedauern; aber das alles war verworren und wirrte im Blut nur als leises Schwindligsein weiter. Mit halbgeschlossenen Augen, wie eine Betrunkene, tappte sie weiter zu ihrer Türe und atmete auf, da sie jetzt die kühle Klinke faßte. Jetzt empfand sie sich erst in Sicherheit!

Leise bog sie die Türe ins Zimmer. Und schrak schon zurück in der nächsten Sekunde. Irgend etwas hatte sich gerührt in dem Zimmer, ganz rückwärts im Dunkeln. Ihre erregten Nerven zuckten grell, schon wollte sie um Hilfe schreien, da kam es leise von drinnen, mit ganz schlaftrunkener Stimme: »Bist du es, Mama?«

»Um Gottes willen, was machst du da?« Sie stürzte

hin zum Divan, wo Edgar zusammengeknüllt lag und sich eben vom Schlafe aufraffte. Ihr erster Gedanke war, das Kind müsse krank sein oder Hilfe bedürftig. Aber Edgar sagte, ganz verschlafen noch und mit leisem Vorwurf: »Ich habe so lange auf dich gewartet, und dann bin ich eingeschlafen.«

»Warum denn?«

»Wegen der Elefanten.«

»Was für Elefanten?«

Jetzt erst begriff sie. Sie hatte ja dem Kinde versprochen, alles zu erzählen, heute noch, von der Jagd und den Abenteuern. Und da hatte sich dieser Bub auf ihr Zimmer geschlichen, dieser einfältige, kindische Bub, und im sicheren Vertrauen gewartet, bis sie kam, und war drüber eingeschlafen. Die Extravaganz empörte sie. Oder eigentlich, sie fühlte Zorn gegen sich selbst, ein leises Raunen von Schuld und Scham, das sie überschreien wollte. »Geh sofort zu Bett, du ungezogener Fratz«, schrie sie ihn an. Edgar staunte ihr entgegen. Warum war sie so zornig mit ihm, er hatte doch nichts getan? Aber diese Verwunderung reizte die schon Aufgeregte noch mehr. »Geh sofort in dein Zimmer«, schrie sie wütend, weil sie fühlte, daß sie ihm unrecht tat. Edgar ging ohne ein Wort. Er war eigentlich furchtbar müde und spürte nur stumpf durch den drückenden Nebel von Schlaf, daß seine Mutter ein Versprechen nicht gehalten hatte und daß man in irgendeiner Weise gegen ihn schlecht war.

Aber er revoltierte nicht. In ihm war alles stumpf durch die Müdigkeit; und dann, er ärgerte sich sehr, hier oben eingeschlafen zu sein, statt wach zu warten. »Ganz wie ein kleines Kind«, sagte er empört zu sich selber, ehe er wieder in Schlaf fiel.
Denn seit gestern haßte er seine eigene Kindheit.

## *Geplänkel*

Der Baron hatte schlecht geschlafen. Es ist immer gefährlich, nach einem abgebrochenen Abenteuer zu Bette zu gehen: eine unruhige, von schwülen Träumen gefährdete Nacht ließ es ihn bald bereuen, die Minute nicht mit hartem Griff gepackt zu haben. Als er morgens, noch von Schlaf und Mißmut umwölkt, hinunterkam, sprang ihm der Knabe aus einem Versteck entgegen, schloß ihn begeistert in die Arme und begann ihn mit tausend Fragen zu quälen. Er war glücklich, seinen großen Freund wieder eine Minute für sich zu haben und nicht mit der Mama teilen zu müssen. Nur ihm sollte er erzählen, nicht mehr Mama, bestürmte er ihn, denn die hätte, trotz ihres Versprechens, ihm nichts von all den wunderbaren Dingen wiedergesagt. Er überschüttete den unangenehm Aufgeschreckten, der seine Mißlaune nur schlecht verbarg, mit hundert kindischen Belästigungen. In diese Fragen mengte er überdies stürmische Bezeugungen

seiner Liebe, glückselig, wieder mit dem Langgesuchten und seit frühmorgens Erwarteten allein zu sein.
Der Baron antwortete unwirsch. Dieses ewige Auflauern des Kindes, die Läppischkeit der Fragen, wie überhaupt die unbegehrte Leidenschaft begann ihn zu langweilen. Er war müde, nun tagaus, tagein mit einem zwölfjährigen Buben herumzuziehen und mit ihm Unsinn zu schwatzen. Ihm lag jetzt nur daran, das heiße Eisen zu schmieden und die Mutter allein zu fassen, was eben durch des Kindes unerwünschte Anwesenheit zum Problem wurde. Ein erstes Unbehagen vor dieser unvorsichtig geweckten Zärtlichkeit bemächtigte sich seiner, denn vorläufig sah er keine Möglichkeit, den allzu anhänglichen Freund loszuwerden.
Immerhin: es kam auf den Versuch an. Bis zehn Uhr, der Stunde, die er mit der Mutter zum Spaziergang verabredet hatte, ließ er das eifrige Gerede des Buben achtlos über sich hinplätschern, warf hin und wieder einen Brocken Gespräch hin, um ihn nicht zu beleidigen, durchblätterte aber gleichzeitig die Zeitung. Endlich, als der Zeiger fast senkrecht stand, bat er Edgar, wie sich plötzlich erinnernd, für ihn ins andere Hotel bloß einen Augenblick hinüberzugehen, um dort nachzufragen, ob der Graf Grundheim, sein Vetter, schon angekommen sei.
Das arglose Kind, glückselig, endlich einmal seinem Freund mit etwas dienlich sein zu können, stolz auf

seine Würde als Bote, sprang sofort weg und stürmte so toll den Weg hin, daß die Leute ihm verwundert nachstarrten. Aber ihm war gelegen, zu zeigen, wie flink er war, wenn man ihm Botschaften vertraute. Der Graf war, so sagte man ihm dort, noch nicht eingetroffen, ja zur Stunde gar nicht angemeldet. Diese Nachricht brachte er in neuerlichem Sturmschritt zurück. Aber in der Halle war der Baron nicht mehr zu finden. So klopfte er an seine Zimmertür – vergeblich! Beunruhigt rannte er alle Räume ab, das Musikzimmer und das Kaffeehaus, stürmte aufgeregt zu seiner Mama, um Erkundigungen einzuziehen: auch sie war fort. Der Portier, an den er sich schließlich ganz verzweifelt wandte, sagte ihm zu seiner Verblüffung, sie seien beide vor einigen Minuten gemeinsam weggegangen!

Edgar wartete geduldig. Seine Arglosigkeit vermutete nichts Böses. Sie konnten ja nur eine kurze Weile wegbleiben, dessen war er sicher, denn der Baron brauchte ja seinen Bescheid. Aber die Zeit streckte breit ihre Stunden, Unruhe schlich sich an ihn heran. Überhaupt, seit dem Tage, da sich dieser fremde, verführerische Mensch in sein kleines, argloses Leben gemengt hatte, war das Kind den ganzen Tag angespannt, gehetzt und verwirrt. In einen so feinen Organismus, wie den der Kinder, drückt jede Leidenschaft wie in weiches Wachs ihre Spuren. Das nervöse Zittern der Augenlider trat wieder auf, schon sah er blässer aus. Edgar wartete und wartete, geduldig zuerst, dann wild erregt und schließlich schon dem Weinen nah. Aber argwöhnisch war er noch immer nicht. Sein blindes Vertrauen in diesen wundervollen Freund vermutete ein Mißverständnis, und geheime Angst quälte ihn, er möchte vielleicht den Auftrag falsch verstanden haben.

Wie seltsam aber war erst dies, daß sie jetzt, da sie endlich zurückkamen, heiter plaudernd blieben und gar keine Verwunderung bezeigten. Es schien, als hätten sie ihn gar nicht sonderlich vermißt: »Wir sind dir entgegengegangen, weil wir hofften, dich am Weg zu treffen, Edi«, sagte der Baron, ohne sich nach dem Auftrag zu erkundigen. Und als das Kind, ganz erschrocken, sie könnten ihn vergebens gesucht haben, zu beteuern begann, er sei nur auf dem geraden Wege der Hochstraße gelaufen, und wissen wollte, welche Richtung sie gewählt hätten, da schnitt die Mama kurz das Gespräch ab. »Schon gut, schon gut! Kinder sollen nicht so viel reden.«

Edgar wurde rot vor Ärger. Das war nun schon das zweite Mal so ein niederträchtiger Versuch, ihn vor seinem Freund herabzusetzen. Warum tat sie das, warum versuchte sie immer, ihn als Kind darzustellen, das er doch – er war davon überzeugt – nicht mehr war? Offenbar war sie ihm neidisch auf seinen Freund und plante, ihn zu sich herüberzuziehen. Ja, und sicherlich war sie es auch, die den Baron mit Absicht den falschen Weg geführt hatte. Aber er ließ sich nicht von ihr mißhandeln, das sollte sie sehen. Er wollte ihr schon Trotz bieten. Und Edgar beschloß, heute bei Tisch kein Wort mit ihr zu reden, nur mit seinem Freund allein.

Doch das wurde ihm hart. Was er am wenigsten erwartet hatte, trat ein: man bemerkte seinen Trotz nicht. Ja, sogar ihn selber schienen sie nicht zu sehen, ihn, der doch gestern Mittelpunkt ihres Beisammenseins gewesen war! Sie sprachen beide über ihn hinweg, scherzten zusammen und lachten, als ob er unter den Tisch gesunken wäre. Das Blut stieg ihm zu den Wangen, in der Kehle saß ein Knollen, der ihm den Atem erwürgte. Mit Schauern wurde er seiner entsetzlichen Machtlosigkeit bewußt. Er sollte also hier ruhig sitzen und zusehen, wie seine Mutter ihm den Freund wegnahm, den einzigen Menschen, den er liebte, und sollte sich nicht wehren können, nicht anders als durch Schweigen? Ihm war, als müßte er aufstehen und plötzlich mit beiden Fäusten auf den Tisch losschlagen. Nur damit sie ihn bemerkten. Aber er hielt sich zusammen, legte bloß Gabel und Messer nieder und rührte keinen Bissen mehr an. Aber auch dies hartnäckige Fasten merkten sie lange nicht, erst beim letzten Gang fiel es der Mutter auf, und sie fragte, ob er sich nicht wohl fühle. ›Widerlich‹, dachte er sich, ›immer denkt sie nur das eine, ob ich nicht krank bin, sonst ist ihr alles einerlei.‹ Er antwortete kurz, er habe keine Lust, und damit gab sie sich zufrieden. Nichts, gar nichts erzwang ihm Beachtung. Der Baron schien ihn vergessen zu haben, wenigstens richtete er nicht ein einziges Mal das Wort an ihn. Heißer und heißer quoll es ihm in die Augen, und er mußte die kindische List anwenden, rasch die Serviette zu heben, ehe es jemand sehen konnte, daß Tränen über seine Wangen sprangen und ihm salzig die Lippen näßten. Er atmete auf, wie das Essen zu Ende war.

Während des Diners hatte seine Mutter eine gemeinsame Wagenfahrt nach Maria-Schutz vorgeschlagen. Edgar hatte es gehört, die Lippe zwischen den Zähnen. Nicht eine Minute wollte sie ihn also mehr mit seinem Freunde allein lassen. Aber sein Haß stieg erst wild auf, als sie ihm jetzt beim Aufstehen sagte: »Edgar, du wirst noch alles für die Schule vergessen, du solltest doch einmal zu Hause bleiben, ein bißchen nachlernen!« Wieder ballte er die kleine Kinderfaust. Immer wollte sie ihn vor seinem Freund demütigen, immer daran öffentlich erinnern, daß er noch ein Kind war, daß er in die Schule gehen mußte und nur geduldet unter Erwachsenen war. Diesmal war ihm die Absicht aber doch zu durchsichtig. Er gab gar keine Antwort, sondern drehte sich kurzweg um.

»Aha, wieder beleidigt«, sagte sie lächelnd und dann zum Baron: »Wäre das wirklich so arg, wenn er einmal eine Stunde arbeiten möchte?«

Und da – im Herzen des Kindes wurde etwas kalt und

starr – sagte der Baron, er, der sich seinen Freund nannte, er, der ihn als Stubenhocker verhöhnt hatte: »Na, eine Stunde oder zwei könnten wirklich nicht schaden.«

War das ein Einverständnis? Hatten sie sich wirklich beide gegen ihn verbündet? In dem Blick des Kindes flammte der Zorn. »Mein Papa hat verboten, daß ich hier lerne, Papa will, daß ich mich hier erhole«, schleuderte er heraus mit dem ganzen Stolz auf seine Krankheit, verzweifelt sich an das Wort, an die Autorität seines Vaters anklammernd. Wie eine Drohung stieß er es heraus. Und was das merkwürdigste war: das Wort schien tatsächlich in den beiden ein Mißbehagen zu erwecken. Die Mutter sah weg und trommelte nur nervös mit den Fingern auf den Tisch. Ein peinliches Schweigen stand breit zwischen ihnen. »Wie du meinst, Edi«, sagte schließlich der Baron mit einem erzwungenen Lächeln. »Ich muß ja keine Prüfung machen, ich bin schon längst bei allen durchgefallen.«

Aber Edgar lächelte nicht zu dem Scherz, sondern sah ihn nur an mit einem prüfenden, sehnsüchtig eindringenden Blick, als wollte er ihm bis in die Seele greifen. Was ging da vor? Etwas war verändert zwischen ihnen, und das Kind wußte nicht, warum. Unruhig ließ es die Augen wandern. In seinem Herzen hämmerte ein kleiner, hastiger Hammer: der erste Verdacht.

›Was hat sie so verwandelt?‹ sann das Kind, das ihnen im rollenden Wagen gegenübersaß. ›Warum sind sie nicht mehr zu mir wie früher? Weshalb vermeidet Mama immer meinen Blick, wenn ich sie ansehe? Warum sucht er immer vor mir Witze zu machen und den Hanswurst zu spielen? Beide reden sie nicht mehr zu mir wie gestern und vorgestern, mir ist beinahe, als hätten sie andere Gesichter bekommen. Mama hat heute so rote Lippen, sie muß sie gefärbt haben. Das habe ich nie gesehen an ihr. Und er zieht immer die Stirne kraus, als sei er beleidigt. Ich habe ihnen doch nichts getan, kein Wort gesagt, das sie verdrießen konnte? Nein, ich kann nicht die Ursache sein, denn sie sind selbst zueinander anders wie vordem. Sie sind so, als ob sie etwas angestellt hätten, das sie sich nicht zu sagen getrauen. Sie plaudern nicht mehr wie gestern, sie lachen auch nicht, sie sind befangen, sie verbergen etwas. Irgendein Geheimnis ist zwischen ihnen, das sie mir nicht verraten wollen. Ein Geheimnis, das ich ergründen muß um jeden Preis. Ich kenne es schon, es muß dasselbe sein, vor dem sie mir immer die Türe verschließen, von dem in den Büchern die Rede ist und in den Opern, wenn die Männer und die Frauen mit ausgebreiteten Armen gegeneinander singen, sich umfassen und sich wegstoßen. Es muß irgendwie dasselbe sein wie das mit meiner französischen Lehrerin, die sich mit Papa so schlecht vertrug und die dann weggeschickt wurde. All diese Dinge hängen zusammen, das spüre ich, aber ich weiß nur nicht, wie. Oh, es zu wissen, endlich zu wissen, dieses Geheimnis, ihn zu fassen, diesen Schlüssel, der alle Türen aufschließt, nicht länger mehr Kind sein, vor dem man alles versteckt und verhehlt, sich nicht mehr hinhalten lassen und betrügen. Jetzt oder nie! Ich will es ihnen entreißen, dieses furchtbare Geheimnis.‹ Eine Falte grub sich in seine Stirne, beinahe alt sah der schmächtige Zwölfjährige aus, wie er so ernst vor sich hin grübelte, ohne einen einzigen Blick an die Landschaft zu wenden, die sich in klingenden Farben rings entfaltete, die Berge im gereinigten Grün ihrer Nadelwälder, die Täler im noch zarten Glanz des verspäteten Frühlings. Er sah nur immer die beiden ihm gegenüber im Rücksitz des Wagens an, als könnte er mit diesen heißen Blicken wie mit einer Angel das Geheimnis aus den glitzernden Tiefen ihrer Augen herausreißen. Nichts schärft Intelligenz mehr als ein leidenschaftlicher Verdacht, nichts entfaltet mehr alle Möglichkeiten eines unreifen Intellekts, als eine Fährte, die ins Dunkel läuft. Manchmal ist es ja nur eine einzige dünne Tür, die Kinder von der Welt, die wir die wirkliche nennen, abtrennt, und ein zufälliger Windhauch sprengt sie ihnen auf.

Edgar fühlte sich mit einem Male dem Unbekannten, dem großen Geheimnis so greifbar nahe wie noch nie, er spürte es knapp vor sich, zwar noch verschlossen und unenträtselt, aber nah, ganz nah. Das erregte ihn und gab ihm diesen plötzlichen, feierlichen Ernst. Denn unbewußt ahnte er, daß er am Rand seiner Kindheit stand.

Die beiden gegenüber fühlten irgendeinen dumpfen Widerstand vor sich, ohne zu ahnen, daß er von dem Knaben ausging. Sie fühlten sich eng und gehemmt zu dritt im Wagen. Die beiden Augen ihnen gegenüber mit ihrer dunkel in sich flackernden Glut behinderten sie. Sie wagten kaum zu reden, kaum zu blicken. Zu ihrer vormaligen leichten, gesellschaftlichen Konversation fanden sie jetzt nicht mehr zurück, schon zu sehr verstrickt in dem Ton der heißen Vertraulichkeiten, jener gefährlichen Worte, in denen die schmeichelnde Unzüchtigkeit von heimlichen Betastungen zittert. Ihr Gespräch stieß immer auf Lücken und Stockungen. Es blieb stehen, wollte weiter, aber stolperte immer wieder über das hartnäckige Schweigen des Kindes.

Besonders für die Mutter war sein verbissenes Schweigen eine Last. Sie sah ihn vorsichtig von der Seite an und erschrak, als sie plötzlich in der Art, wie das Kind die Lippen verkniff, zum erstenmal eine Ähnlichkeit mit ihrem Mann erkannte, wenn er gereizt oder verärgert war. Der Gedanke war ihr unbehaglich, gerade jetzt an ihren Mann erinnert zu werden, da sie mit einem Abenteuer Versteck spielen wollte. Wie ein

Gespenst, ein Wächter des Gewissens, doppelt unerträglich hier in der Enge des Wagens, zehn Zoll gegenüber mit seinen dunkel arbeitenden Augen und dem Lauern hinter der blassen Stirn, schien ihr das Kind. Da schaute Edgar plötzlich auf, eine Sekunde lang. Beide senkten sie sofort den Blick: sie spürten, daß sie sich belauerten, zum erstenmal in ihrem Leben. Bisher hatten sie einander blind vertraut, jetzt aber war etwas zwischen Mutter und Kind, zwischen ihr und ihm plötzlich anders geworden. Zum ersten Male in ihrem Leben begannen sie, sich zu beobachten, ihre beiden Schicksale voneinander zu trennen, beide schon mit einem heimlichen Haß gegeneinander, der nur noch zu neu war, als daß sie sich ihn einzugestehen wagten.

Alle drei atmeten sie auf, als die Pferde wieder vor dem Hotel hielten. Es war ein verunglückter Ausflug gewesen, alle fühlten es, und keiner wagte es zu sagen. Edgar sprang zuerst ab. Seine Mutter entschuldigte sich mit Kopfschmerzen und ging eilig hinauf. Sie war müde und wollte allein sein. Edgar und der Baron blieben zurück. Der Baron zahlte dem Kutscher, sah auf die Uhr und schritt gegen die Hall zu, ohne den Buben zu beachten. Er ging vorbei an ihm mit seinem feinen, schlanken Rücken, diesem rhythmisch leichten Wiegegang, der das Kind so bezauberte und den es gestern schon nachzuahmen versucht hatte. Er ging vorbei, glatt vorbei. Offenbar hatte er den Knaben

vergessen und ließ ihn stehen neben dem Kutscher, neben den Pferden, als gehörte er nicht zu ihm.
In Edgar riß irgend etwas entzwei, wie er ihn so vorübergehen sah, ihn, den er trotz alldem noch immer so abgöttisch liebte. Verzweiflung brach aus seinem Herzen, als er so vorbeiging, ohne ihn mit dem Mantel zu streifen, ohne ihm ein Wort zu sagen, der sich doch keiner Schuld bewußt war. Die mühsam bewahrte Fassung zerriß, die künstlich erhöhte Last der Würde glitt ihm von den zu schmalen Schultern, er wurde wieder ein Kind, klein und demütig wie gestern und vordem. Es riß ihn weiter wider seinen Willen. Mit rasch zitternden Schritten ging er dem Baron nach, trat ihm, der eben die Treppe hinauf wollte, in den Weg und sagte gepreßt, mit schwer verhaltenen Tränen:
»Was habe ich Ihnen getan, daß Sie nicht mehr auf mich achten? Warum sind Sie jetzt immer so mit mir? Und die Mama auch? Warum wollen Sie mich immer wegschicken? Bin ich Ihnen lästig, oder habe ich etwas getan?«
Der Baron schrak auf. In der Stimme war etwas, das ihn verwirrte und weich stimmte. Mitleid überkam ihn mit dem arglosen Buben. »Edi, du bist ein Narr! Ich war nur schlechter Laune heute. Und du bist ein lieber Bub, den ich wirklich gern hab.« Dabei schüttelte er ihn am Schopf tüchtig hin und her, aber doch das Gesicht halb abgewendet, um nicht diese großen,

feuchten, flehenden Kinderaugen sehen zu müssen. Die Komödie, die er spielte, begann ihm peinlich zu werden. Er schämte sich eigentlich schon, mit der Liebe dieses Kindes so frech gespielt zu haben, und diese dünne, von unterirdischem Schluchzen geschüttelte Stimme tat ihm weh. »Geh jetzt hinauf, Edi, heute abend werden wir uns wieder vertragen, du wirst schon sehen«, sagte er begütigend.

»Aber Sie dulden nicht, daß mich Mama gleich hinaufschickt. Nicht wahr?«

»Nein, nein, Edi, ich dulde es nicht«, lächelte der Baron. »Geh nur jetzt hinauf, ich muß mich anziehen für das Abendessen.«

Edgar ging, beglückt für den Augenblick. Aber bald begann der Hammer im Herzen sich wieder zu rühren. Er war um Jahre älter geworden seit gestern; ein fremder Gast, das Mißtrauen, saß jetzt schon fest in seiner kindischen Brust.

Er wartete. Es galt ja die entscheidende Probe. Sie saßen zusammen bei Tisch. Es wurde neun Uhr, aber die Mutter schickte ihn nicht zu Bett. Schon wurde er unruhig. Warum ließ sie ihn gerade heute so lange hier bleiben, sie, die sonst so genau war? Hatte ihr am Ende der Baron seinen Wunsch und das Gespräch verraten? Brennende Reue überfiel ihn plötzlich, ihm heute mit seinem vollen vertrauenden Herzen nachgelaufen zu sein. Um zehn erhob sich plötzlich seine Mutter und nahm Abschied vom Baron. Und seltsam,

auch der schien durch diesen frühen Aufbruch keineswegs verwundert zu sein, suchte auch nicht, wie sonst immer, sie zurückzuhalten. Immer heftiger schlug der Hammer in der Brust des Kindes.
Nun galt es scharfe Probe. Auch er stellte sich nichtsahnend und folgte ohne Widerrede seiner Mutter zur Tür. Dort aber zuckte er plötzlich auf mit den Augen. Und wirklich, er fing in dieser Sekunde einen lächelnden Blick auf, der über seinen Kopf von ihr gerade zum Baron hinüberging, einen Blick des Einverständnisses, irgendeines Geheimnisses. Der Baron hatte ihn also verraten. Deshalb also der frühe Aufbruch: er sollte heute eingewiegt werden in Sicherheit, um ihnen morgen nicht mehr im Wege zu sein.
»Schuft«, murmelte er.
»Was meinst du?« fragte die Mutter.
»Nichts«, stieß er zwischen den Zähnen heraus. Auch er hatte jetzt sein Geheimnis. Es hieß Haß, grenzenloser Haß gegen sie beide.

## *Schweigen*

Edgars Unruhe war nun vorbei. Endlich genoß er ein reines, klares Gefühl: Haß und offene Feindschaft. Jetzt, da er gewiß war, ihnen im Weg zu sein, wurde das Zusammensein für ihn zu einer grausam komplizierten Wollust. Er weidete sich im Gedanken, sie zu stören, ihnen nun endlich mit der ganzen geballten Kraft seiner Feindseligkeit entgegenzutreten. Dem Baron wies er zuerst die Zähne. Als der morgens herabkam und ihn im Vorübergehen herzlich mit einem »Servus, Edi« begrüßte, knurrte Edgar, der, ohne aufzuschauen, im Fauteuil sitzen blieb, ihm nur ein hartes »Morgen« zurück. »Ist die Mama schon unten?« Edgar blickte in die Zeitung: »Ich weiß nicht.«

Der Baron stutzte. Was war das auf einmal? »Schlecht geschlafen, Edi, was?« Ein Scherz sollte wie immer hinüberhelfen. Aber Edgar warf ihm nur wieder verächtlich ein »Nein« hin und vertiefte sich neuerdings in die Zeitung. »Dummer Bub«, murmelte der Baron vor sich hin, zuckte die Achseln und ging weiter. Die Feindschaft war erklärt.

Auch gegen seine Mama war Edgar kühl und höflich. Einen ungeschickten Versuch, ihn auf den Tennisplatz zu schicken, wies er ruhig zurück. Sein Lächeln, knapp an den Lippen aufgerollt und leise von Erbitterung gekräuselt, zeigte, daß er sich nicht mehr betrügen lasse. »Ich gehe lieber mit euch spazieren, Mama«, sagte er mit falscher Freundlichkeit und blickte ihr in die Augen. Die Antwort war ihr sichtlich ungelegen. Sie zögerte und schien etwas zu suchen. »Warte hier auf mich«, entschied sie endlich und ging zum Frühstück.

Edgar wartete. Aber sein Mißtrauen war rege. Ein

unruhiger Instinkt arbeitete nun zwischen jedem Wort dieser beiden eine geheime feindselige Absicht heraus. Der Argwohn gab ihm jetzt manchmal eine merkwürdige Hellsichtigkeit der Entschlüsse. Und statt, wie ihm angewiesen war, in der Hall zu warten, zog Edgar es vor, sich auf der Straße zu postieren, wo er nicht nur einen Hauptausgang, sondern alle Türen überwachen konnte. Irgend etwas in ihm witterte Betrug. Aber sie sollten ihm nicht mehr entwischen. Auf der Straße drückte er sich, wie er es in seinen Indianerbüchern gelernt hatte, hinter einen Holzstoß. Und lachte nur zufrieden, als er nach etwa einer halben Stunde seine Mutter tatsächlich aus der Seitentür treten sah, einen Busch prachtvoller Rosen in der Hand und gefolgt vom Baron, dem Verräter.

Beide schienen sie sehr übermütig. Atmeten sie schon auf, ihm entgangen zu sein, allein für ihr Geheimnis? Sie lachten im Gespräch und schickten sich an, den Waldweg hinabzugehen.

Jetzt war der Augenblick gekommen. Edgar schlenderte gemächlich, als hätte ein Zufall ihn hergeführt, hinter dem Holzstoß hervor. Ganz, ganz gelassen ging er auf sie zu, ließ sich Zeit, sehr viel Zeit, um sich ausgiebig an ihrer Überraschung zu weiden. Die beiden waren verblüfft und tauschten einen befremdeten Blick. Langsam, mit gespielter Selbstverständlichkeit kam das Kind heran und ließ seinen höhnischen Blick nicht von ihnen. »Ah, da bist du, Edi, wir haben dich schon drin gesucht«, sagte endlich die Mutter. ›Wie frech sie lügt‹, dachte das Kind. Aber die Lippen blieben hart. Sie hielten das Geheimnis des Hasses hinter den Zähnen.

Unschlüssig standen sie alle drei. Einer lauerte auf den andern. »Also gehen wir«, sagte resigniert die verärgerte Frau und zerpflückte eine der schönen Rosen. Wieder dieses leichte Zittern um die Nasenflügel, das bei ihr Zorn verriet. Edgar blieb stehen, als ginge ihn das nichts an, sah ins Blaue, wartete, bis sie gingen, dann schickte er sich an, ihnen zu folgen. Der Baron machte noch einen Versuch. »Heute ist Tennisturnier, hast du das schon einmal gesehen?« Edgar blickte ihn nur verächtlich an. Er antwortete ihm gar nicht mehr, zog nur die Lippen krumm, als ob er pfeifen wollte. Das war sein Bescheid. Sein Haß wies die blanken Zähne.

Wie ein Alp lastete nun seine unerbetene Gegenwart auf den beiden. Sträflinge gehen so hinter dem Wärter, mit heimlich geballten Fäusten. Das Kind tat eigentlich gar nichts und wurde ihnen doch in jeder Minute mehr unerträglich mit seinen lauernden Blicken, die feucht waren von verbissenen Tränen, seiner gereizten Mürrischkeit, die alle Annäherungsversuche wegknurrte. »Geh voraus«, sagte plötzlich wütend die Mutter, beunruhigt durch sein fortwährendes Lauschen. »Tanz mir nicht immer vor den Füßen, das macht mich nervös!« Edgar gehorchte, aber immer nach ein paar Schritten wandte er sich um, blieb wartend stehen, wenn sie zurückgeblieben waren, sie mit seinem Blick wie der schwarze Pudel mephistophelisch umkreisend und einspinnend in dieses feurige Netz von Haß, in dem sie sich unentrinnbar gefangen fühlten.

Sein böses Schweigen zerriß wie eine Säure ihre gute Laune, sein Blick vergällte ihnen das Gespräch von den Lippen weg. Der Baron wagte kein einziges werbendes Wort mehr, er spürte, mit Zorn, diese Frau ihm wieder entgleiten, ihre mühsam angefachte Leidenschaftlichkeit jetzt auskühlen in der Furcht vor diesem lästigen, widerlichen Kind. Immer versuchten sie wieder zu reden, immer brach ihre Konversation zusammen. Schließlich trotteten sie alle drei schweigend über den Weg, hörten nur mehr die Bäume flüsternd gegeneinander schlagen und ihren eigenen verdrossenen Schritt. Das Kind hatte ihr Gespräch erdrosselt.

Jetzt war in allen dreien die gereizte Feindseligkeit. Mit Wollust spürte das verratene Kind, wie sich ihre Wut wehrlos gegen seine mißachtete Existenz ballte. Mit zwinkernd höhnischem Blick streifte er ab und zu das verbissene Gesicht des Barons. Er sah, wie der zwischen den Zähnen Schimpfworte knirschte und an sich halten mußte, um sie nicht gegen ihn zu speien, merkte zugleich auch mit diabolischer Lust den aufsteigenden Zorn seiner Mutter, und daß beide nur

einen Anlaß ersehnten, sich auf ihn zu stürzen, ihn wegzuschieben oder unschädlich zu machen. Aber er bot keine Gelegenheit, sein Haß war in langen Stunden berechnet und gab sich keine Blößen.
»Gehen wir zurück!« sagte plötzlich die Mutter. Sie fühlte, daß sie nicht länger an sich halten könnte, daß sie etwas tun müßte, aufschreien zumindest unter dieser Folter. »Wie schade«, sagte Edgar ruhig, »es ist so schön.«
Beide merkten, daß das Kind sie verhöhnte. Aber sie wagten nichts zu sagen, dieser Tyrann hatte in zwei Tagen zu wundervoll gelernt, sich zu beherrschen. Kein Zucken im Gesicht verriet die schneidende Ironie. Ohne Wort gingen sie den langen Weg wieder heim. In ihr flackerte die Erregung noch nach, als sie dann beide allein im Zimmer waren. Sie warf den Sonnenschirm und ihre Handschuhe ärgerlich weg. Edgar merkte sofort, daß ihre Nerven erregt waren und nach Entladung verlangten, aber er wollte einen Ausbruch und blieb mit Absicht im Zimmer, um sie zu reizen. Sie ging auf und ab, setzte sich wieder hin, ihre Finger trommelten auf dem Tisch, dann sprang sie wieder auf. »Wie zerrauft du bist, wie schmutzig du umhergehst! Es ist eine Schande vor den Leuten. Schämst du dich nicht in deinem Alter?« Ohne ein Wort der Gegenrede ging das Kind hin und kämmte sich. Dieses Schweigen, dieses obstinate kalte Schweigen mit dem Zittern von Hohn auf den Lippen machte

sie rasend. Am liebsten hätte sie ihn geprügelt. »Geh auf dein Zimmer«, schrie sie ihn an. Sie konnte seine Gegenwart nicht mehr ertragen. Edgar lächelte und ging.

Wie sie jetzt beide zitterten vor ihm, wie sie Angst hatten, der Baron und sie, vor jeder Stunde des Zusammenseins, dem unbarmherzig harten Griff seiner Augen! Je unbehaglicher sie sich fühlten, in um so satterem Wohlbehagen beglänzte sich sein Blick, um so herausfordernder wurde seine Freude. Edgar quälte die Wehrlosen jetzt mit der ganzen, fast noch tierischen Grausamkeit der Kinder. Der Baron konnte seinen Zorn noch dämmen, weil er immer hoffte, dem Buben noch einen Streich spielen zu können, und nur an sein Ziel dachte. Aber sie, die Mutter, verlor immer wieder die Beherrschung. Für sie war es eine Erleichterung, ihn anschreien zu können. »Spiel nicht mit der Gabel«, fuhr sie ihn bei Tisch an. »Du bist ein unerzogener Fratz, verdienst noch gar nicht unter Erwachsenen zu sitzen.« Edgar lächelte nur immer, lächelte, den Kopf ein wenig schief zur Seite gelegt. Er wußte, daß dieses Schreien Verzweiflung war, und empfand Stolz, daß sie sich so verrieten. Er hatte jetzt einen ganz ruhigen Blick, wie der eines Arztes. Früher wäre er vielleicht boshaft gewesen, um sie zu ärgern, aber man lernt viel und rasch im Haß. Jetzt schwieg er nur, schwieg und schwieg, bis sie zu schreien begann unter dem Druck seines Schweigens.

Seine Mutter konnte es nicht länger ertragen. Als sie jetzt vom Essen aufstanden und Edgar wieder mit dieser selbstverständlichen Anhänglichkeit ihnen folgen wollte, brach es plötzlich los aus ihr. Sie vergaß alle Rücksicht und spie die Wahrheit aus. Gepeinigt von seiner schleichenden Gegenwart, bäumte sie sich wie ein von Fliegen gefoltertes Pferd. »Was rennst du mir immer nach wie ein dreijähriges Kind? Ich will dich nicht immer in der Nähe haben. Kinder gehören nicht zu Erwachsenen. Merk dir das! Beschäftige dich doch einmal eine Stunde mit dir selbst. Lies etwas oder tu, was du willst. Laß mich in Ruh! Du machst mich nervös mit deinem Herumschleichen, deiner widerlichen Verdrossenheit.«

Endlich hatte er es ihr entrissen, das Geständnis! Edgar lächelte, während der Baron und sie jetzt verlegen schienen. Sie wandte sich ab und wollte weiter, wütend über sich selbst, daß sie ihr Unbehagen dem Kind eingestanden hatte. Aber Edgar sagte nur kühl: »Papa will nicht, daß ich allein hier herumgehe. Papa hat mir das Versprechen abgenommen, daß ich nicht unvorsichtig bin und bei dir bleibe.«

Er betonte das Wort »Papa«, weil er damals bemerkt hatte, daß es eine gewisse lähmende Wirkung auf die beiden übte. Auch sein Vater mußte also irgendwie verstrickt sein in dieses heiße Geheimnis. Papa mußte irgendeine geheime Macht über die beiden haben, die er nicht kannte, denn schon die Erwähnung seines

Namens schien ihnen Angst und Unbehagen zu bereiten. Auch diesmal entgegneten sie nichts. Sie streckten die Waffen. Die Mutter ging voran, der Baron mit ihr. Hinter ihnen kam Edgar, aber nicht demütig wie ein Diener, sondern hart, streng und unerbittlich wie ein Wächter. Unsichtbar klirrte er mit der Kette, an der sie rüttelten und die nicht zu zersprengen war. Der Haß hatte seine kindische Kraft gestählt, er, der Unwissende, war stärker als sie beide, denen das Geheimnis die Hände band.

## *Die Lügner*

Aber die Zeit drängte. Der Baron hatte nur mehr wenige Tage, und die wollten genützt sein. Widerstand gegen die Hartnäckigkeit des gereizten Kindes war, das fühlten sie, vergeblich, und so griffen sie zum letzten, zum schmählichsten Ausweg: zur Flucht, um nur für eine oder zwei Stunden seiner Tyrannei zu entgehen.

»Gib diese Briefe rekommandiert zur Post«, sagte die Mutter zu Edgar. Sie standen beide in der Hall, der Baron sprach draußen mit einem Fiaker.

Mißtrauisch übernahm Edgar die beiden Briefe. Er hatte bemerkt, daß früher ein Diener irgendeine Botschaft seiner Mutter übermittelt hatte. Bereiteten sie am Ende etwas gemeinsam gegen ihn vor?

Er zögerte. »Wo erwartest du mich?«

»Hier.«

»Bestimmt?«

»Ja.«

»Daß du aber nicht weggehst! Du wartest also hier in der Hall auf mich, bis ich zurückkomme?« Er sprach im Gefühl seiner Überlegenheit mit seiner Mutter schon befehlshaberisch. Seit vorgestern hatte sich viel verändert.

Dann ging er mit den beiden Briefen. An der Tür stieß er mit dem Baron zusammen. Er sprach ihn an, zum erstenmal seit zwei Tagen.

»Ich gebe nur die zwei Briefe auf. Meine Mama wartet auf mich, bis ich zurückkomme. Bitte gehen Sie nicht früher fort.«

Der Baron drückte sich rasch vorbei. »Ja, ja, wir warten schon.«

Edgar stürmte zum Postamt. Er mußte warten. Ein Herr vor ihm hatte ein Dutzend langweiliger Fragen. Endlich konnte er sich des Auftrags entledigen und rannte sofort mit den Rezipissen zurück. Und kam eben zurecht, um zu sehen, wie seine Mutter und der Baron im Fiaker davonfuhren.

Er war starr vor Wut. Fast hätte er sich niedergebückt und ihnen einen Stein nachgeschleudert. Sie waren ihm also doch entkommen, aber mit einer wie gemeinen, wie schurkischen Lüge! Daß seine Mutter log, wußte er seit gestern. Aber daß sie so schamlos sein

konnte, ein offenes Versprechen zu mißachten, das zerriß ihm ein letztes Vertrauen. Er verstand das ganze Leben nicht mehr, seit er sah, daß die Worte, hinter denen er die Wirklichkeit vermutet hatte, nur farbige Blasen waren, die sich blähten und in nichts zersprangen. Aber was für ein furchtbares Geheimnis mußte das sein, das erwachsene Menschen so weit trieb, ihn, ein Kind, zu belügen, sich wegzustehlen wie Verbrecher? In den Büchern, die er gelesen hatte, mordeten und betrogen die Menschen, um Geld zu gewinnen oder Macht oder Königreiche. Was aber war hier die Ursache, was wollten diese beiden, warum versteckten sie sich vor ihm, was suchten sie unter hundert Lügen zu verhüllen? Er zermarterte sein Gehirn. Dunkel spürte er, daß dieses Geheimnis der Riegel der Kindheit sei, daß, es erobert zu haben, bedeutete, erwachsen zu sein, endlich, endlich ein Mann. Oh, es zu fassen! Aber er konnte nicht mehr klar denken. Die Wut, daß sie ihm entkommen waren, verbrannte und verqualmte ihm den klaren Blick.
Er lief hinaus in den Wald, gerade konnte er sich noch ins Dunkel retten, wo ihn niemand sah, und da brach es heraus, in einem Strom heißer Tränen. »Lügner, Hunde, Betrüger, Schurken« – er mußte diese Worte laut herausschreien, sonst wäre er erstickt. Die Wut, die Ungeduld, der Ärger, die Neugier, die Hilflosigkeit und der Verrat der letzten Tage, im kindischen Kampf, im Wahn seiner Erwachsenheit niedergehal-

ten, sprengten jetzt die Brust und wurden Tränen. Es war das letzte Weinen seiner Kindheit, das letzte wildeste Weinen, zum letztenmal gab er sich weibisch hin an die Wollust der Tränen. Er weinte in dieser Stunde fassungsloser Wut alles aus sich heraus, Vertrauen, Liebe, Gläubigkeit, Respekt – seine ganze Kindheit.

Der Knabe, der dann zum Hotel zurückging, war ein anderer. Er war kühl und handelte vorbedacht. Zunächst ging er in sein Zimmer, wusch sorgfältig das Gesicht und die Augen, um den beiden nicht den Triumph zu gönnen, die Spuren seiner Tränen zu sehen. Dann bereitete er die Abrechnung vor. Und wartete geduldig, ohne jede Unruhe.

Die Hall war recht gut besucht, als der Wagen mit den beiden Flüchtigen draußen wieder hielt. Ein paar Herren spielten Schach, andere lasen ihre Zeitung, die Damen plauderten. Unter ihnen hatte reglos, ein wenig blaß mit zitternden Blicken das Kind gesessen. Als jetzt seine Mutter und der Baron zur Türe hereinkamen, ein wenig geniert, ihn so plötzlich zu sehen, und schon die vorbereitete Ausrede stammeln wollten, trat er ihnen aufrecht und ruhig entgegen und sagte herausfordernd: »Herr Baron, ich möchte Ihnen etwas sagen.«

Dem Baron wurde es unbehaglich. Er kam sich irgendwie ertappt vor. »Ja, ja, später, gleich!«

Aber Edgar warf die Stimme hoch und sagte hell und

scharf, daß alle rings es hören konnten: »Ich will aber jetzt mit Ihnen reden. Sie haben sich niederträchtig benommen. Sie haben mich angelogen. Sie wußten, daß meine Mama auf mich wartet, und sind . . .«
»Edgar!« schrie die Mutter, die alle Blicke auf sich gerichtet sah, und stürzte gegen ihn los.
Aber das Kind kreischte jetzt, da es sah, daß sie seine Worte überschreien wollten, plötzlich gellend auf:
»Ich sage es Ihnen nochmals vor allen Leuten. Sie haben infam gelogen, und das ist gemein, das ist erbärmlich.«
Der Baron stand blaß, die Leute starrten auf, einige lächelten.
Die Mutter packte das vor Erregung zitternde Kind.
»Komm sofort auf dein Zimmer, oder ich prügle dich hier vor allen Leuten«, stammelte sie heiser.
Edgar aber war schon wieder ruhig. Es tat ihm leid, so leidenschaftlich gewesen zu sein. Er war unzufrieden mit sich selbst, denn eigentlich wollte er ja den Baron kühl herausfordern, aber die Wut war wilder gewesen als sein Wille. Ruhig, ohne Hast wandte er sich zur Treppe.
»Entschuldigen Sie, Herr Baron, seine Ungezogenheit. Sie wissen ja, er ist ein nervöses Kind«, stotterte sie noch, verwirrt von den ein wenig hämischen Blikken der Leute, die sie ringsum anstarrten. Nichts in der Welt war ihr fürchterlicher als Skandal, und sie wußte, daß sie nun Haltung bewahren mußte. Statt

gleich die Flucht zu ergreifen, ging sie zuerst zum Portier, fragte nach Briefen und anderen gleichgültigen Dingen und rauschte dann hinauf, als ob nichts geschehen wäre. Aber hinter ihr wisperte ein leises Kielwasser von Zischeln und unterdrücktem Gelächter.

Unterwegs verlangsamte sich ihr Schritt. Sie war immer ernsten Situationen gegenüber hilflos und hatte eigentlich Angst vor dieser Auseinandersetzung. Daß sie schuldig war, konnte sie nicht leugnen, und dann: sie fürchtete sich vor dem Blick des Kindes, diesem neuen, fremden, so merkwürdigen Blick, der sie lähmte und unsicher machte. Aus Furcht beschloß sie, es mit Milde zu versuchen. Denn bei einem Kampf war, das wußte sie, dieses gereizte Kind jetzt der Stärkere.

Leise klinkte sie die Türe auf. Der Bub saß da, ruhig und kühl. Die Augen, die er zu ihr aufhob, waren ganz ohne Angst, verrieten nicht einmal Neugierde. Er schien sehr sicher zu sein.

»Edgar«, begann sie möglichst mütterlich, »was ist dir eingefallen? Ich habe mich geschämt für dich. Wie kann man nur so ungezogen sein, schon gar als Kind zu einem Erwachsenen! Du wirst dich dann sofort beim Herrn Baron entschuldigen.«

Edgar schaute zum Fenster hinaus. Das »Nein« sagte er gleichsam zu den Bäumen gegenüber.

Seine Sicherheit begann sie zu befremden.

»Edgar, was geht denn vor mit dir? Du bist ja ganz anders als sonst? Ich kenne mich gar nicht mehr in dir aus. Du warst doch sonst immer ein kluges, artiges Kind, mit dem man reden konnte. Und auf einmal benimmst du dich so, als sei der Teufel in dich gefahren. Was hast du denn gegen den Baron? Du hast ihn doch sehr gern gehabt. Er war immer so lieb gegen dich.«

»Ja, weil er dich kennenlernen wollte.«

Ihr wurde unbehaglich. »Unsinn! Was fällt dir ein. Wie kannst du so etwas denken?«

Aber da fuhr das Kind auf.

»Ein Lügner ist er, ein falscher Mensch. Was er tut, ist Berechnung und Gemeinheit. Er hat dich kennenlernen wollen, deshalb war er freundlich zu mir und hat mir einen Hund versprochen. Ich weiß nicht, was er dir versprochen hat und warum er zu dir freundlich ist, aber auch von dir will er etwas, Mama, ganz bestimmt. Sonst wäre er nicht so höflich und freundlich. Er ist ein schlechter Mensch. Er lügt. Sieh dir ihn nur einmal an, wie falsch er immer schaut. Oh, ich hasse ihn, diesen erbärmlichen Lügner, diesen Schurken . . .«

»Aber Edgar, wie kann man so etwas sagen.« Sie war verwirrt und wußte nicht zu antworten. In ihr regte sich ein Gefühl, das dem Kind recht gab.

»Ja, er ist ein Schurke, das lasse ich mir nicht ausreden. Das mußt du selbst sehen. Warum hat er denn Angst vor mir? Warum versteckt er sich vor mir? Weil er weiß, daß ich ihn durchschaue, daß ich ihn kenne, diesen Schurken!«

»Wie kann man so etwas sagen, wie kann man so etwas sagen.« Ihr Gehirn war ausgetrocknet, nur die Lippen stammelten blutlos immer wieder die beiden Sätze. Sie begann jetzt plötzlich eine furchtbare Angst zu haben und wußte eigentlich nicht, ob vor dem Baron oder vor dem Kinde.

Edgar sah, daß seine Mahnung Eindruck machte. Und es verlockte ihn, sie zu sich herüberzureißen, einen Genossen zu haben im Hasse, in der Feindschaft gegen ihn. Weich ging er auf seine Mutter zu, umfaßte sie, und seine Stimme wurde schmeichlerisch vor Erregung.

»Mama«, sagte er, »du mußt es doch selbst bemerkt haben, daß er nichts Gutes will. Er hat dich ganz anders gemacht. Du bist verändert und nicht ich. Er hat dich aufgehetzt gegen mich, nur um dich allein zu haben. Sicher will er dich betrügen. Ich weiß nicht, was er dir versprochen hat. Ich weiß nur, er wird es nicht halten. Du solltest dich hüten vor ihm. Wer einen belügt, belügt auch den andern. Er ist ein böser Mensch, dem man nicht trauen soll.«

Diese Stimme, weich und fast in Tränen, klang wie aus ihrem eigenen Herzen. In ihr war seit gestern ein Mißbehagen erwacht, das ihr dasselbe sagte: eindringlicher und eindringlicher. Aber sie schämte sich, dem

eigenen Kinde recht zu geben. Und rettete sich, wie viele, aus der Verlegenheit eines überwältigenden Gefühls in die Rauheit des Ausdrucks. Sie reckte sich auf.
»Kinder verstehen so etwas nicht. Du hast in solche Sachen nicht dreinzureden. Du hast dich anständig zu benehmen. Das ist alles.«
Edgars Gesicht fror wieder kalt ein. »Wie du meinst«, sagte er hart, »ich habe dich gewarnt.«
»Also du willst dich nicht entschuldigen?«
»Nein.«
Sie standen sich schroff gegenüber. Sie fühlte, es ging um ihre Autorität.
»Dann wirst du hier oben speisen. Allein. Und nicht eher an unseren Tisch kommen, bis du dich entschuldigt hast. Ich werde dich noch Manieren lehren. Du wirst dich nicht vom Zimmer rühren, bis ich es dir erlaube. Hast du verstanden?«
Edgar lächelte. Dieses tückische Lächeln schien schon mit seinen Lippen verwachsen zu sein. Innerlich war er zornig gegen sich selbst. Wie töricht von ihm, daß er wieder einmal sein Herz hatte entlaufen lassen und sie, die Lügnerin, noch warnen wollte.
Die Mutter rauschte hinaus, ohne ihn noch einmal anzusehen. Sie fürchtete diese schneidenden Augen. Das Kind war ihr unbehaglich geworden, seit sie fühlte, daß es seine Augen offen hatte und ihr gerade das sagte, was sie nicht wissen und nicht hören wollte.

Schreckhaft war es ihr, eine innere Stimme, ihr Gewissen, abgelöst von sich selber, als Kind verkleidet, als ihr eigenes Kind herumgehen und sie warnen, sie verhöhnen zu sehen. Bisher war dieses Kind neben ihrem Leben gewesen, ein Schmuck, ein Spielzeug, irgendein Liebes und Vertrautes, manchmal vielleicht eine Last, aber immer etwas, das in derselben Strömung im gleichen Takt ihres Lebens lief. Zum erstenmal bäumte das sich heute auf und trotzte gegen ihren Willen. Etwas wie Haß mischte sich jetzt immer in die Erinnerung an ihr Kind.

Aber dennoch: jetzt, da sie die Treppe, ein wenig müde, niederstieg, klang die kindische Stimme aus ihrer eigenen Brust. »Du solltest dich hüten vor ihm.« – Die Mahnung ließ sich nicht zum Schweigen bringen. Da glänzte ihr im Vorüberschreiten ein Spiegel entgegen, fragend blickte sie hinein, tiefer und immer tiefer, bis sich dort die Lippen leise lächelnd auftaten und sich rundeten wie zu einem gefährlichen Wort. Noch immer klang von innen die Stimme; aber sie warf die Achseln hoch, als schüttelte sie all diese unsichtbaren Bedenken von sich herab, gab dem Spiegel einen hellen Blick, raffte das Kleid und ging hinab mit der entschlossenen Geste eines Spielers, der sein letztes Goldstück klingend über den Tisch rollen läßt.

Der Kellner, der Edgar das Essen in seinen Stubenarrest gebracht hatte, schloß die Türe. Hinter ihm knackte das Schloß. Das Kind fuhr wütend auf: das war offenbar im Auftrag seiner Mutter geschehen, daß man ihn einsperrte wie ein bösartiges Tier. Finster rang es sich aus ihm.

›Was geschieht nun da drunten, während ich hier eingeschlossen bin? Was mögen die beiden jetzt bereden? Geschieht am Ende jetzt dort das Geheime, und ich muß es versäumen? Oh, dieses Geheimnis, das ich immer und überall spüre, wenn ich unter Erwachsenen bin, vor dem sie die Türe zuschließen in der Nacht, das sie in leises Gespräch versenken, trete ich unversehens herein, dieses große Geheimnis, das mir jetzt seit Tagen nahe ist, hart vor den Händen und das ich noch immer nicht greifen kann! Was habe ich nicht schon getan, um es zu fassen! Ich habe Papa damals Bücher aus dem Schreibtisch gestohlen und sie gelesen, und alle diese merkwürdigen Dinge waren darin, nur daß ich sie nicht verstand. Es muß irgendwie ein Siegel daran sein, das erst abzulösen ist, um es zu finden, vielleicht in mir, vielleicht in den anderen. Ich habe das Dienstmädchen gefragt, sie gebeten, mir diese Stellen in den Büchern zu erklären, aber sie hat mich ausgelacht. Furchtbar, Kind zu sein, voll von Neugier und doch niemand fragen zu dürfen, immer lächerlich zu sein vor diesen Großen, als ob man etwas Dummes oder Nutzloses wäre. Aber ich werde es erfahren, ich fühle, ich werde es jetzt bald wissen. Ein Teil ist schon in meinen Händen, und ich will nicht früher ablassen, ehe ich das Ganze besitze!‹

Er horchte, ob niemand käme. Ein leichter Wind flog draußen durch die Bäume und brach den starren Spiegel des Mondlichtes zwischen dem Geäste in hundert schwanke Splitter.

›Es kann nichts Gutes sein, was die beiden vorhaben, sonst hätten sie nicht solche erbärmliche Lügen gesucht, um mich fortzukriegen. Gewiß, sie lachen jetzt über mich, die Verfluchten, daß sie mich endlich los sind, aber ich werde zuletzt lachen. Wie dumm von mir, mich hier einsperren zu lassen, ihnen eine Sekunde Freiheit zu geben, statt an ihnen zu kleben und jede ihrer Bewegungen zu belauschen. Ich weiß, die Großen sind ja immer unvorsichtig, und auch sie werden sich verraten. Sie glauben immer von uns, daß wir noch ganz klein sind und abends immer schlafen, sie vergessen, daß man sich auch schlafend stellen kann und lauschen, daß man sich dumm geben kann und sehr klug sein. Jüngst, wie meine Tante ein Kind bekam, haben sie es lange vorausgewußt und sich nur vor mir verwundert gestellt, als seien sie überrascht worden. Aber ich habe es auch gewußt, denn ich habe sie reden gehört, vor Wochen am Abend, als sie glaubten, ich schliefe. Und so werde ich auch diesmal sie überraschen, diese Niederträchtigen. Oh, wenn ich durch die Türe spähen könnte, sie heimlich jetzt beobachten, während sie sich sicher wähnen. Sollte ich nicht vielleicht läuten jetzt, dann käme das Mädchen, sperrte die Tür auf und fragte, was ich wollte. Oder ich könnte poltern, könnte Geschirr zerschlagen, dann sperrte man auch auf. Und in dieser Sekunde könnte ich hinausschlüpfen und sie belauschen. Aber nein, das will ich nicht. Niemand soll sehen, wie niederträchtig sie mich behandeln. Ich bin zu stolz dazu. Morgen will ich es ihnen schon heimzahlen.‹

Unten lachte eine Frauenstimme. Edgar schrak zusammen: das könnte seine Mutter sein. Die hatte ja Grund zu lachen, ihn zu verhöhnen, den Kleinen, Hilflosen, hinter dem man den Schlüssel abdrehte, wenn er lästig war, den man in den Winkel warf wie ein Bündel nasser Kleider. Vorsichtig beugte er sich zum Fenster hinaus. Nein, sie war es nicht, sondern fremde übermütige Mädchen, die einen Burschen neckten.

Da, in dieser Minute bemerkte er, wie wenig hoch sich eigentlich sein Fenster über die Erde erhob. Und schon, kaum daß er's merkte, war der Gedanke da: hinausspringen, jetzt, wo sie sich ganz sicher wähnten, sie belauschen. Er fieberte vor Freude über seinen Entschluß. Ihm war, als hielte er damit das große, das funkelnde Geheimnis der Kindheit in den Händen. »Hinaus, hinaus«, zitterte es in ihm. Gefahr war keine. Menschen gingen nicht vorüber, und schon sprang er.

Es gab ein leises Geräusch von knirschendem Kies, das keiner vernahm.
In diesen zwei Tagen war ihm das Beschleichen, das Lauern zur Lust seines Lebens geworden. Und Wollust fühlte er jetzt gemengt mit einem leisen Schauer von Angst, als er auf ganz leisen Sohlen um das Hotel schlich, sorgsam den stark ausstrahlenden Widerschein der Lichter vermeidend. Zunächst blickte er, die Wange vorsichtig an die Scheibe pressend, in den Speisesaal. Ihr gewohnter Platz war leer. Er spähte dann weiter, von Fenster zu Fenster. Ins Hotel selbst wagte er sich nicht hinein, aus Furcht, er könnte ihnen zwischen den Gängen unversehens in den Weg laufen. Nirgends waren sie zu finden. Schon wollte er verzweifeln, da sah er zwei Schatten aus der Türe vorfallen und – er zuckte zurück und duckte sich in das Dunkel – seine Mutter mit ihrem nun unvermeidlichen Begleiter heraustreten. Gerade war er also zurecht gekommen. Was sprachen sie? Er konnte es nicht verstehen. Sie redeten leise, und der Wind rumorte zu unruhig in den Bäumen. Jetzt aber zog deutlich ein Lachen vorüber, die Stimme seiner Mutter. Es war ein Lachen, das er an ihr gar nicht kannte, ein seltsam scharfes, wie gekitzeltes, gereiztes nervöses Lachen, das ihn fremd anmutete und vor dem er erschrak. Sie lachte. Also konnte es nichts Gefährliches sein, nicht etwas ganz Großes und Gewaltiges, das man vor ihm verbarg. Edgar war ein wenig enttäuscht.

Aber warum verließen sie das Hotel? Wohin gingen sie jetzt allein in der Nacht? Hoch oben mußten mit riesigen Flügeln Winde dahinstreifen, denn der Himmel, eben noch rein und mondklar, wurde jetzt dunkel. Schwarze Tücher, von unsichtbaren Händen geworfen, wickelten manchmal den Mond ein, und die Nacht wurde dann so undurchdringlich, daß man kaum den Weg sehen konnte, um bald wieder hell zu glänzen, wenn sich der Mond befreite. Silber floß kühl über die Landschaft. Geheimnisvoll war dieses Spiel zwischen Licht und Schatten und aufreizend wie das Spiel einer Frau mit Blöße und Verhüllungen. Gerade jetzt entkleidete die Landschaft wieder ihren blanken Leib: Edgar sah schräg über dem Weg die wandelnden Silhouetten oder vielmehr die eine, denn so aneinandergepreßt gingen sie, als drängte sie eine innere Furcht zusammen. Aber wohin gingen sie jetzt, die beiden? Die Föhren ächzten, es war eine unheimliche Geschäftigkeit im Wald, als wühlte die wilde Jagd darin. ›Ich folge ihnen‹, dachte Edgar, ›sie können meinen Schritt nicht hören in diesem Aufruhr von Wind und Wald.‹ Und er sprang, indes die unten auf der breiten, hellen Straße gingen, oben im Gehölz von einem Baum zum anderen leise weiter von Schatten zu Schatten. Er folgte ihnen zäh und unerbittlich, segnete den Wind, der seine Schritte unhörbar machte, und verfluchte ihn, weil er ihm immer die Worte von drüben wegtrug. Nur einmal, wenn er hätte ihr Ge-

spräch hören können, war er sicher, das Geheimnis zu halten.
Die beiden unten gingen ahnungslos. Sie fühlten sich selig allein in dieser weiten verwirrten Nacht und verloren sich in ihrer wachsenden Erregung. Keine Ahnung warnte sie, daß oben im vielverzweigten Dunkel jedem ihrer Schritte gefolgt wurde und zwei Augen sie mit der ganzen Kraft von Haß und Neugier umkrallt hielten. Plötzlich blieben sie stehen. Auch Edgar hielt sofort inne und preßte sich enge an einen Baum. Ihn befiel eine stürmische Angst. Wie, wenn sie jetzt umkehrten und vor ihm das Hotel erreichten, wenn er sich nicht retten konnte in sein Zimmer und die Mutter es leer fand? Dann war alles verloren, dann wußten sie, daß er sie heimlich belauerte, und er durfte nie mehr hoffen, ihnen das Geheimnis zu entreißen. Aber die beiden zögerten, offenbar in einer Meinungsverschiedenheit. Glücklicherweise war Mondlicht, und er konnte alles deutlich sehen. Der Baron deutete auf einen dunklen schmalen Seitenweg, der in das Tal hinabführte, wo das Mondlicht nicht wie hier auf der Straße einen weiten vollen Strom rauschte, sondern nur in Tropfen und seltsamen Strahlen durchs Dikkicht sickerte. »Warum will er dort hinab?« zuckte es in Edgar. Seine Mutter schien »Nein« zu sagen, er aber, der andere, sprach ihr zu. Edgar konnte an der Art seiner Gestikulation merken, wie eindringlich er sprach. Angst befiel das Kind. Was wollte dieser

Mensch von seiner Mutter? Warum versuchte er, dieser Schurke, sie ins Dunkel zu schleppen? Aus seinen Büchern, die für ihn die Welt waren, kamen plötzlich lebendige Erinnerungen von Mord und Entführung, von finsteren Verbrechen. Sicherlich, er wollte sie ermorden, und dazu hatte er ihn weggehalten, sie einsam hierhergelockt. Sollte er um Hilfe schreien? Mörder! Der Ruf saß ihm schon ganz oben in der Kehle, aber die Lippen waren vertrocknet und brachten keinen Laut heraus. Seine Nerven spannten sich vor Aufregung, kaum konnte er sich geradehalten, erschreckt vor Angst griff er nach einem Halt – da knackte ihm ein Zweig unter den Händen.

Die beiden wandten sich erschreckt um und starrten ins Dunkel. Edgar blieb stumm an den Baum gelehnt mit angepreßten Armen, den kleinen Körper tief in den Schatten geduckt. Es blieb Totenstille. Aber doch, sie schienen erschreckt. »Kehren wir um«, hörte er seine Mutter sagen. Es klang geängstigt von ihren Lippen. Der Baron, offenbar selbst beunruhigt, willigte ein. Die beiden gingen langsam und eng aneinandergeschmiegt zurück. Ihre innere Befangenheit war Edgars Glück. Auf allen vieren, ganz unten im Holz, kroch er, die Hände sich blutig reißend bis zur Wendung des Waldes, von dort lief er mit aller Geschwindigkeit, daß ihm der Atem stockte, bis zum Hotel und da mit ein paar Sprüngen hinauf. Der Schlüssel, der ihn eingesperrt hatte, steckte glücklicherweise von außen, er drehte ihn um, stürzte ins Zimmer und schon hin aufs Bett. Ein paar Minuten mußte er rasten, denn das Herz schlug ungestüm an seine Brust wie ein Klöppel an die klingende Glockenwand.

Dann wagte er sich auf, lehnte am Fenster und wartete, bis sie kamen. Es dauerte lange. Sie mußten sehr, sehr langsam gegangen sein. Vorsichtig spähte er aus dem umschatteten Rahmen. Jetzt kamen sie langsam daher, Mondlicht auf den Kleidern. Gespensterhaft sahen sie aus in diesem grünen Licht, und wieder überfiel ihn das süße Grauen, ob das wirklich ein Mörder sei und welch furchtbares Geschehen er durch seine Gegenwart verhindert hatte. Deutlich sah er in die kreidehellen Gesichter. In dem seiner Mutter war ein Ausdruck von Verzücktheit, den er an ihr nicht kannte, er hingegen schien hart und verdrossen. Offenbar, weil ihm seine Absicht mißlungen war.

Ganz nahe waren sie schon. Erst knapp vor dem Hotel lösten sich ihre Gestalten voneinander. Ob sie heraufsehen würden? Nein, keiner blickte herauf. ›Sie haben mich vergessen‹, dachte der Knabe mit einem wilden Ingrimm, mit einem heimlichen Triumph, ›aber ich nicht euch. Ihr denkt wohl, daß ich schlafe oder nicht auf der Welt bin, aber ihr sollt eueren Irrtum sehen. Jeden Schritt will ich euch überwachen, bis ich ihm, dem Schurken, das Geheimnis entrissen habe, das furchtbare, das mich nicht schlafen läßt. Ich werde euer Bündnis schon zerreißen. Ich schlafe nicht.‹

Langsam traten die beiden in die Türe. Und als sie jetzt, einer hinter dem anderen, hineingingen, umschlangen sich wieder für eine Sekunde die fallenden Silhouetten, als einziger schwarzer Streif schwand ihr Schatten in die erhellte Tür. Dann lag der Platz im Mondlicht wieder blank vor dem Hause wie eine weite Wiese von Schnee.

## *Der Überfall*

Edgar trat atmend zurück vom Fenster. Das Grauen schüttelte ihn. Noch nie war er in seinem Leben ähnlich Geheimnisvollem so nah gewesen. Die Welt der Aufregungen, der spannenden Abenteuer, jene Welt von Mord und Betrug aus seinen Büchern war in seiner Anschauung immer dort gewesen, wo die Märchen waren, hart hinter den Träumen, im Unwirklichen und Unerreichbaren. Jetzt auf einmal aber schien er mitten hineingeraten in diese grauenhafte Welt, und sein ganzes Wesen wurde fieberhaft geschüttelt durch so unverhoffte Begegnung. Wer war dieser Mensch, der geheimnisvolle, der plötzlich in ihr ruhiges Leben getreten war? War er wirklich ein Mörder, daß er immer das Entlegene suchte und seine Mutter hinschleppen wollte, wo es dunkel war? Furchtbares schien bevorzustehen. Er wußte nicht, was zu tun. Morgen, das war er sicher, wollte er dem Vater schrei-

ben oder telegraphieren. Aber konnte es nicht noch jetzt geschehen, heute abend? Noch war ja seine Mutter nicht in ihrem Zimmer, noch war sie mit diesem verhaßten, fremden Menschen.
Zwischen der inneren Tür und der äußeren, leicht beweglichen Tapetentür, war ein schmaler Zwischenraum, nicht größer als das Innere eines Kleiderschrankes. Dort in diese Handbreit Dunkel preßte er sich hinein, um auf ihre Schritte im Gang zu lauern. Denn nicht einen Augenblick, so hatte er beschlossen, wollte er sie allein lassen. Der Gang lag jetzt um Mitternacht leer, matt nur beleuchtet von einer einzelnen Flamme.
Endlich – die Minuten dehnten sich ihm fürchterlich – hörte er behutsame Schritte heraufkommen. Er horchte angestrengt. Es war nicht ein rasches Losschreiten, wie wenn jemand gerade in sein Zimmer will, sondern schleifende, zögernde, sehr verlangsamte Schritte, wie einen unendlich schweren und steilen Weg empor. Dazwischen immer wieder Geflüster und ein Innehalten. Edgar zitterte vor Erregung. Waren es am Ende die beiden, blieb er noch immer mit ihr? Das Flüstern war zu entfernt. Aber die Schritte, wenn auch noch zögernd, kamen immer näher. Und jetzt hörte er auf einmal die verhaßte Stimme des Barons leise und heiser etwas sagen, das er nicht verstand, und dann gleich die seiner Mutter in rascher Abwehr: »Nein, nicht heute! Nein.«
Edgar zitterte, sie kamen näher, und er mußte alles

hören. Jeder Schritt gegen ihn zu tat ihm, so leise er auch war, weh in der Brust. Und die Stimme, wie häßlich schien sie ihm, diese gierig werbende, widerliche Stimme des Verhaßten! »Seien Sie nicht grausam. Sie waren so schön heute abend.« Und die andere wieder: »Nein, ich darf nicht, ich kann nicht, lassen Sie mich los.«

Es ist so viel Angst in der Stimme seiner Mutter, daß das Kind erschrickt. Was will er denn noch von ihr? Warum fürchtet sie sich? Sie sind immer näher gekommen und müssen jetzt schon ganz vor seiner Tür sein. Knapp hinter ihnen steht er, zitternd und unsichtbar, eine Hand weit, geschützt nur durch die dünne Scheibe Tuch. Die Stimmen sind jetzt atemnah.

»Kommen Sie, Mathilde, kommen Sie!« Wieder hört er seine Mutter stöhnen, schwächer jetzt, in erlahmendem Widerstand.

Aber was ist dies? Sie sind ja weitergegangen im Dunkeln. Seine Mutter ist nicht in ihr Zimmer, sondern daran vorbeigegangen! Wohin schleppt er sie? Warum spricht sie nicht mehr? Hat er ihr einen Knebel in den Mund gestopft, preßt er ihr die Kehle zu? Die Gedanken machen ihn wild. Mit zitternder Hand stößt er die Türe eine Spannweite auf. Jetzt sieht er im dunkelnden Gang die beiden. Der Baron hat seiner Mutter den Arm um die Hüfte geschlungen und führt sie, die schon nachzugeben scheint, leise fort. Jetzt macht er halt vor seinem Zimmer. ›Er will sie wegschleppen‹, erschrickt das Kind, ›jetzt will er das Furchtbare tun.‹

Ein wilder Ruck, er schlägt die Türe zu und stürzt hinaus, den beiden nach. Seine Mutter schreit auf, wie jetzt da aus dem Dunkel plötzlich etwas auf sie losstürzt, scheint in eine Ohnmacht gesunken, vom Baron nur mühsam gehalten. Der aber fühlt in dieser Sekunde eine kleine, schwache Faust in seinem Gesicht, die ihm die Lippe hart an die Zähne schlägt, etwas, was sich katzenhaft an seinen Körper krallt. Er läßt die Erschreckte los, die rasch entflieht, und schlägt blind, ehe er noch weiß, gegen wen er sich wehrt, mit der Faust zurück.

Das Kind weiß, daß es der Schwächere ist, aber es gibt nicht nach. Endlich, endlich ist der Augenblick da, der lang ersehnte, all die verratene Liebe, den aufgestapelten Haß leidenschaftlich zu entladen. Er hämmert mit seinen kleinen Fäusten blind darauflos, die Lippen verbissen in einer fiebrigen, sinnlosen Gereiztheit. Auch der Baron hat ihn jetzt erkannt, auch er steckt voll Haß gegen diesen heimlichen Spion, der ihm die letzten Tage vergällte und das Spiel verdarb; er schlägt derb zurück, wohin es eben trifft. Edgar stöhnt auf, läßt aber nicht los und schreit nicht um Hilfe. Sie ringen eine Minute stumm und verbissen in dem mitternächtigen Gang. Allmählich wird dem Baron das Lächerliche seines Kampfes mit einem halbwüchsigen Buben bewußt, er packt ihn fest an, um ihn wegzuschleudern. Aber das Kind, wie es jetzt seine Muskeln nachlassen spürt und weiß, daß es in der nächsten Sekunde der Besiegte, der Geprügelte sein wird, schnappt in wilder Wut nach dieser starken, festen Hand, die ihn im Nacken fassen will. Unwillkürlich stößt der Gebissene einen dumpfen Schrei aus und läßt frei – eine Sekunde, die das Kind benützt, um in sein Zimmer zu flüchten und den Riegel vorzuschieben.

Eine Minute nur hat dieser mitternächtige Kampf gedauert. Niemand rechts und links hat ihn gehört. Alles ist still, alles scheint in Schlaf ertrunken. Der Baron wischt sich die blutende Hand mit dem Taschentuch, späht beunruhigt in das Dunkel. Niemand hatte gelauscht. Nur oben flimmert – ihm dünkt: höhnisch – ein letztes unruhiges Licht.

## *Gewitter*

›War das Traum, ein böser, gefährlicher Traum?‹ fragte sich Edgar am nächsten Morgen, als er mit versträhntem Haar aus einer Wirrnis von Angst erwachte. Den Kopf quälte dumpfes Dröhnen, die Gelenke ein erstarrtes, hölzernes Gefühl, und jetzt, wie er an sich hinabsah, merkte er erschreckt, daß er noch in den Kleidern stak. Er sprang auf, taumelte an den Spiegel und schauerte zurück vor seinem eigenen blassen, verzerrten Gesicht, das über der Stirne zu einem rötlichen Striemen verschwollen war. Mühsam raffte er seine Gedanken zusammen und erinnerte sich jetzt beängstigt an alles, an den nächtigen Kampf draußen im Gang, sein Zurückstürzen ins Zimmer, und daß er dann, zitternd im Fieber, angezogen und fluchtbereit sich auf das Bett geworfen habe. Dort mußte er eingeschlafen sein, hinabgestürzt in diesen dumpfen, verhangenen Schlaf, in dessen Träumen dann all dies noch einmal wiedergekehrt war, nur anders und noch furchtbarer, mit einem feuchten Geruch von frischem, fließendem Blut.

Unten gingen Schritte knirschend über den Kies, Stimmen flogen wie unsichtbare Vögel herauf, und die Sonne griff tief ins Zimmer hinein. Es mußte schon spät am Vormittag sein, aber die Uhr, die er erschreckt befragte, deutete auf Mitternacht, er hatte in seiner Aufregung vergessen, sie gestern aufzuziehen. Und diese Ungewißheit, irgendwo lose in der Zeit zu hängen, beunruhigte ihn, verstärkt durch das Gefühl der Unkenntnis, was eigentlich geschehen war. Er richtete sich rasch zusammen und ging hinab, Unruhe und ein leises Schuldgefühl im Herzen.

Im Frühstückszimmer saß seine Mama allein am gewohnten Tisch. Edgar atmete auf, daß sein Feind nicht zugegen war, daß er sein verhaßtes Gesicht nicht sehen mußte, in das er gestern im Zorn seine Faust geschlagen hatte. Und doch, wie er nun an den Tisch herantrat, fühlte er sich unsicher.

»Guten Morgen«, grüßte er.

Seine Mutter antwortete nicht. Sie blickte nicht einmal auf, sondern betrachtete mit merkwürdig starren Pupillen in der Ferne die Landschaft. Sie sah sehr blaß aus, hatte die Augen leicht umrändert und um die Nasenflügel jenes nervöse Zucken, das so verräterisch für ihre Erregung war. Edgar verbiß die Lippen. Dieses Schweigen verwirrte ihn. Er wußte eigentlich nicht, ob er den Baron gestern schwer verletzt hatte und ob sie überhaupt um diesen nächtlichen Zusammenstoß wissen konnte. Und diese Unsicherheit quälte ihn. Aber ihr Gesicht blieb so starr, daß er gar nicht versuchte, zu ihr aufzublicken, aus Angst, die jetzt gesenkten Augen möchten plötzlich hinter den verhangenen Lidern aufspringen und ihn fassen. Er wurde ganz still, wagte nicht einmal, Lärm zu machen, ganz vorsichtig hob er die Tasse und stellte sie wieder zurück, verstohlen hinblickend auf die Finger seiner Mutter, die sehr nervös mit dem Löffel spielten und in ihrer Gekrümmtheit geheimen Zorn zu verraten schienen. Eine Viertelstunde saß er so in dem schwülen Gefühl der Erwartung auf etwas, das nicht kam. Kein Wort, kein einziges erlöste ihn. Und jetzt, da seine Mutter aufstand, noch immer, ohne seine Gegenwart bemerkt zu haben, wußte er nicht, was er tun sollte: allein hier beim Tisch sitzen bleiben oder ihr folgen. Schließlich erhob er sich doch, ging demütig hinter ihr her, die ihn geflissentlich übersah, und spürte immer dabei, wie lächerlich sein Nachschleichen war. Immer kleiner machte er seine Schritte, um mehr und mehr hinter ihr zurückzubleiben, die, ohne ihn zu beachten, in ihr Zimmer ging. Als Edgar endlich nachkam, stand er vor einer hart geschlossenen Türe.

Was war geschehen? Er kannte sich nicht mehr aus. Das sichere Bewußtsein von gestern hatte ihn verlassen. War er am Ende gestern im Unrecht gewesen mit diesem Überfall? Und bereiteten sie gegen ihn eine Strafe vor oder eine neue Demütigung? Etwas mußte geschehen, das fühlte er, etwas Furchtbares mußte sehr bald geschehen. Zwischen ihnen war die Schwüle eines aufziehenden Gewitters, die elektrische Spannung zweier geladener Pole, die sich im Blitz erlösen mußte. Und diese Last des Vorgefühls schleppte er durch vier einsame Stunden mit sich herum, von Zimmer zu Zimmer, bis sein schmaler Kindernacken niederbrach von unsichtbarem Gewicht, und er mittags, nun schon ganz demütig, an den Tisch trat.

»Guten Tag«, sagte er wieder. Er mußte dieses Schweigen zerreißen, dieses furchtbar drohende, das über ihm als schwarze Wolke hing.

Wieder antwortete die Mutter nicht, wieder sah sie an ihm vorbei. Und mit neuem Erschrecken fühlte sich Edgar jetzt einem besonnenen, geballten Zorn gegenüber, wie er ihn bisher in seinem Leben noch nicht gekannt hatte. Bisher waren ihre Streitigkeiten immer nur Wutausbrüche mehr der Nerven als des Gefühls gewesen, rasch verflüchtigt in ein Lächeln der Begütigung. Diesmal aber hatte er, das spürte er, ein wildes Gefühl aus dem untersten Grund ihres Wesens aufgewühlt und erschrak vor dieser unvorsichtig beschworenen Gewalt. Kaum vermochte er zu essen. In seiner Kehle quoll etwas Trockenes auf, das ihn zu erwürgen drohte. Seine Mutter schien von alldem nichts zu merken. Nur jetzt, beim Aufstehen, wandte sie sich wie gelegentlich zurück und sagte:

»Komm dann hinauf, Edgar, ich habe mit dir zu reden.«

Es klang nicht drohend, aber doch so eisig kalt, daß Edgar die Worte schauernd fühlte, als hätte man ihm eine eiserne Kette plötzlich um den Hals gelegt. Sein Trotz war zertreten. Schweigend, wie ein geprügelter Hund, folgte er ihr hinauf in das Zimmer.

Sie verlängerte ihm die Qual, indem sie einige Minuten schwieg. Minuten, in denen er die Uhr schlagen hörte und draußen ein Kind lachen und in sich selbst das Herz an die Brust hämmern. Aber auch in ihr mußte eine große Unsicherheit sein, denn sie sah ihn nicht an, während sie jetzt zu ihm sprach, sondern wandte ihm den Rücken.

»Ich will nicht mehr über dein Betragen von gestern reden. Es war unerhört, und ich schäme mich jetzt, wenn ich daran denke. Du hast dir die Folgen selber zuzuschreiben. Ich will dir jetzt nur sagen, es war das letztemal, daß du allein unter Erwachsenen sein durftest. Ich habe eben an deinen Papa geschrieben, daß du einen Hofmeister bekommst oder in ein Pensionat geschickt wirst, um Manieren zu lernen. Ich werde mich nicht mehr mit dir ärgern.«

Edgar stand mit gesenktem Kopf da. Er spürte, daß dies nur eine Einleitung, eine Drohung war, und wartete beunruhigt auf das Eigentliche.

»Du wirst dich jetzt sofort beim Baron entschuldigen.«

Edgar zuckte auf, aber sie ließ sich nicht unterbrechen.

»Der Baron ist heute abgereist, und du wirst ihm einen Brief schreiben, den ich dir diktieren werde.«

Edgar rührte sich wieder, aber seine Mutter war fest.

»Keine Widerrede. Da ist Papier und Tinte, setze dich hin.«

Edgar sah auf. Ihre Augen waren gehärtet von einem unbeugsamen Entschluß. So hatte er seine Mutter nie gekannt, so hart und gelassen. Furcht überkam ihn. Er setzte sich hin, nahm die Feder, duckte aber das Gesicht tief auf den Tisch.

»Oben das Datum. Hast du? Vor der Überschrift eine Zeile leer lassen. So! Sehr geehrter Herr Baron! Rufzeichen. Wieder eine Zeile freilassen. Ich erfahre soeben zu meinem Bedauern – hast du? – zu meinem Bedauern, daß Sie den Semmering schon verlassen haben, – Semmering mit zwei m – und so muß ich brieflich tun, was ich persönlich beabsichtigt hatte, nämlich – etwas rascher, er muß nicht kalligraphiert sein! – Sie um Entschuldigung bitten für mein gestriges Betragen. Wie Ihnen meine Mama gesagt haben wird, bin ich noch Rekonvaleszent von einer schweren Erkrankung und sehr reizbar. Ich sehe dann oft Dinge, die übertrieben sind und die ich im nächsten Augenblick bereue . . .«

Der gekrümmte Rücken über dem Tisch schnellte auf. Edgar drehte sich um: sein Trotz war wieder wach.

»Das schreibe ich nicht, das ist nicht wahr!«

»Edgar!«

Sie drohte mit der Stimme.

»Es ist nicht wahr. Ich habe nichts getan, was ich zu bereuen habe. Ich habe nichts Schlechtes getan, wofür ich mich zu entschuldigen hätte. Ich bin dir nur zu Hilfe gekommen, wie du gerufen hast!«

Ihre Lippen wurden blutlos, die Nasenflügel spannten sich.

»Ich habe um Hilfe gerufen? Du bist toll!«

Edgar wurde zornig. Mit einem Ruck sprang er auf.

»Ja, du hast um Hilfe gerufen, da draußen im Gang, gestern nacht, wie er dich angefaßt hat. ›Lassen Sie mich, lassen Sie mich‹, hast du gerufen. So laut, daß ich's bis ins Zimmer hinein gehört habe.«

»Du lügst, ich war nie mit dem Baron im Gang hier. Er hat mich nur bis zur Treppe begleitet . . .«

In Edgar stockte das Herz bei dieser kühnen Lüge. Die Stimme verschlug sich ihm, er starrte sie an mit gläsernen Augensternen.

»Du . . . warst nicht . . . im Gang? Und er . . . er hat dich nicht gehalten? Nicht mit Gewalt herumgefaßt?«
Sie lachte. Ein kaltes, trockenes Lachen.
»Du hast geträumt.«
Das war zuviel für das Kind. Er wußte jetzt ja schon, daß die Erwachsenen logen, daß sie kleine, kecke Ausreden hatten, Lügen, die durch enge Maschen schlüpften, und listige Zweideutigkeiten. Aber dies freche, kalte Ableugnen, Stirn gegen Stirn, machte ihn rasend.
»Und da diese Striemen habe ich auch geträumt?«
»Wer weiß, mit wem du dich herumgeschlagen hast. Aber ich brauche ja mit dir keine Diskussion zu führen, du hast zu parieren, und damit Schluß. Setze dich hin und schreib!«
Sie war sehr blaß und suchte mit letzter Kraft ihre Anpassung aufrechtzuhalten.
Aber in Edgar brach irgendwie etwas jetzt zusammen, irgendeine letzte Flamme von Gläubigkeit. Daß man die Wahrheit so einfach mit dem Fuß ausstampfen konnte wie ein brennendes Zündholz, das ging ihm nicht ein. Eisig zog's sich in ihm zusammen, alles wurde spitz, boshaft, ungefaßt, was er sagte:
»So, das habe ich geträumt? Das im Gang und den Striemen da? Und daß ihr beide gestern dort im Mondschein promeniert seid, und daß er dich den Weg hinabführen wollte, das vielleicht auch? Glaubst du, ich lasse mich einsperren im Zimmer wie ein

kleines Kind! Nein, ich bin nicht so dumm, wie ihr glaubt. Ich weiß, was ich weiß.«

Frech starrte er ihr in das Gesicht, und das brach ihre Kraft: das Gesicht ihres eigenen Kindes zu sehen, knapp vor sich und verzerrt von Haß. Ungestüm brach ihr Zorn heraus.

»Vorwärts, du wirst sofort schreiben! Oder . . .«

»Oder was . . .?« Herausfordernd frech war jetzt seine Stimme geworden.

»Oder ich prügle dich wie ein kleines Kind.«

Edgar trat einen Schritt näher, höhnisch und lachte nur.

Da fuhr ihm schon ihre Hand ins Gesicht. Edgar schrie auf. Und wie ein Ertrinkender, der mit den Händen um sich schlägt, nur ein dumpfes Brausen in den Ohren, rotes Flirren vor den Augen, so hieb er blind mit den Fäusten zurück. Er spürte, daß er in etwas Weiches schlug, jetzt gegen das Gesicht, hörte einen Schrei . . .

Dieser Schrei brachte ihn zu sich. Plötzlich sah er sich selbst, und das Ungeheure wurde ihm bewußt: daß er seine Mutter schlug. Eine Angst überfiel ihn, Scham und Entsetzen, das ungestüme Bedürfnis, jetzt weg zu sein, in den Boden zu sinken, fort zu sein, fort, nur nicht mehr unter diesen Blicken. Er stürzte zur Türe und die Treppe rasch hinab, durch das Haus auf die Straße, fort, nur fort, als hetzte hinter ihm eine rasende Meute.

Weiter drunten am Weg blieb er endlich stehen. Er mußte sich an einem Baum festhalten, so sehr zitterten seine Glieder in Angst und Erregung, so röchelnd brach ihm der Atem aus der überhetzten Brust. Hinter ihm war das Grauen vor der eigenen Tat gerannt, nun faßte es seine Kehle und schüttelte ihn wie im Fieber hin und her. Was sollte er jetzt tun? Wohin fliehen? Denn hier schon, mitten im nahen Wald, eine Viertelstunde nur vom Haus, wo er wohnte, befiel ihn das Gefühl der Verlassenheit. Alles schien anders, feindlicher, gehässiger, seit er allein und ohne Hilfe war. Die Bäume, die gestern ihn noch brüderlich umrauscht hatten, ballten sich mit einem Male finster wie eine Drohung. Um wieviel aber mußte all dies, was noch vor ihm war, fremder und unbekannter sein? Dieses Alleinsein gegen die große, unbekannte Welt machte das Kind schwindelig. Nein, er konnte es noch nicht ertragen, noch nicht allein ertragen. Aber zu wem sollte er fliehen? Vor seinem Vater hatte er Angst, der war leicht erregbar, unzugänglich und würde ihn sofort zurückschicken. Zurück aber wollte er nicht, eher noch in die gefährliche Fremdheit des Unbekannten hinein; ihm war, als könnte er nie mehr das Gesicht seiner Mutter sehen, ohne zu denken, daß er mit der Faust hineingeschlagen hatte.

Da fiel ihm seine Großmutter ein, diese alte, gute,

freundliche Frau, die ihn von Kindheit an verzärtelt hatte, immer sein Schutz gewesen war, wenn ihm zu Hause eine Züchtigung, ein Unrecht drohte. Bei ihr in Baden wollte er sich verstecken, bis der erste Zorn vorüber war, wollte dort einen Brief an die Eltern schreiben und sich entschuldigen. In dieser Viertelstunde war er schon so gedemütigt, bloß durch den Gedanken, allein mit seinen unerfahrenen Händen in der Welt zu stehen, daß er seinen Stolz verwünschte, diesen dummen Stolz, den ihm ein fremder Mensch mit einer Lüge ins Blut gejagt hatte. Er wollte ja nichts sein als das Kind von vordem, gehorsam, geduldig, ohne die Anmaßung, deren lächerliche Übertriebenheit er jetzt fühlte.

Aber wie hinkommen nach Baden? Wie stundenweit das Land überfliegen? Hastig griff er in sein kleines, ledernes Portemonnaie, das er immer bei sich trug. Gott sei Dank, da blinkte es noch, das neue, goldene Zwanzigkronenstück, das ihm zum Geburtstag geschenkt worden war. Nie hatte er sich entschließen können, es auszugeben. Aber fast täglich hatte er nachgesehen, ob es noch da sei, sich an seinem Anblick geweidet, daran reich gefühlt und dann immer die Münze in dankbarer Zärtlichkeit mit seinem Taschentuch blank geputzt, bis sie funkelte wie eine kleine Sonne. Aber – der jähe Gedanke erschreckte ihn – würde das genügen? Er war so oft schon in seinem Leben mit der Bahn gefahren, ohne daran auch nur zu denken, daß man dafür bezahlen mußte, oder schon gar wieviel das kosten könnte, ob eine Krone oder hundert. Zum ersten Male spürte er, daß es da Tatsachen des Lebens gab, an die er nie gedacht hatte, daß all die vielen Dinge, die ihn umringten, die er zwischen den Fingern gehabt und mit denen er gespielt hatte, irgendwie mit einem eigenen Wert gefüllt waren, einem besonderen Gewicht. Er, der sich noch vor einer Stunde allwissend dünkte, war, das spürte er jetzt, an tausend Geheimnissen und Fragen achtlos vorbeigegangen und schämte sich, daß seine arme Weisheit schon über die erste Stufe ins Leben hineinstolperte. Immer verzagter wurde er, immer kleiner seine unsicheren Schritte bis hinab zur Station. Wie oft hatte er geträumt von dieser Flucht, gedacht, ins Leben hinauszustürmen, Kaiser zu werden oder König, Soldat oder Dichter, und nun sah er zaghaft auf das kleine helle Haus hin, und dachte nur einzig daran, ob die zwanzig Kronen ausreichen würden, ihn bis zu seiner Großmutter zu bringen. Die Schienen glänzten weit ins Land hinaus, der Bahnhof war leer und verlassen. Schüchtern schlich sich Edgar an die Kasse hin und flüsterte, damit niemand anderer ihn hören könnte, wieviel eine Karte nach Baden koste. Ein verwundertes Gesicht sah hinter dem dunklen Verschlag heraus, zwei Augen lächelten hinter den Brillen auf das zaghafte Kind:

»Eine ganze Karte?«

»Ja«, stammelte Edgar. Aber ganz ohne Stolz, mehr in Angst, es möchte zuviel kosten.

»Sechs Kronen!«

»Bitte!«

Erleichtert schob er das blanke, vielgeliebte Stück hin, Geld klirrte zurück, und Edgar fühlte sich mit einem Male wieder unsäglich reich, nun, da er das braune Stück Pappe in der Hand hatte, das ihm die Freiheit verbürgte, und in seiner Tasche die gedämpfte Musik von Silber klang.

Der Zug sollte in zwanzig Minuten eintreffen, belehrte ihn der Fahrplan. Edgar drückte sich in eine Ecke. Ein paar Leute standen am Perron, unbeschäftigt und ohne Gedanken. Aber dem Beunruhigten war, als sähen alle nur ihn an, als wunderten sich alle, daß so ein Kind schon allein fahre, als wäre ihm die Flucht und das Verbrechen an die Stirne geheftet. Er atmete auf, als endlich von ferne der Zug zum ersten Male heulte und dann heranbrauste. Der Zug, der ihn in die Welt tragen sollte. Beim Einsteigen erst bemerkte er, daß seine Karte für die dritte Klasse galt. Bisher war er nur immer erster Klasse gefahren, und wiederum fühlte er, daß hier etwas verändert sei, daß es Verschiedenheiten gab, die ihm entgangen waren. Andere Leute hatte er zu Nachbarn wie bisher. Ein paar italienische Arbeiter mit harten Händen und rauhen Stimmen, Spaten und Schaufel in den Händen, saßen gerade gegenüber und blickten mit dumpfen, trostlosen Augen vor sich hin. Sie mußten offenbar schwer am Weg gearbeitet haben, denn einige von ihnen waren müde und schliefen im ratternden Zug, an das harte und schmutzige Holz gelehnt, mit offenem Munde. Sie hatten gearbeitet, um Geld zu verdienen, dachte Edgar, konnte sich aber nicht denken, wieviel es gewesen sein mochte; er fühlte aber wiederum, daß Geld eine Sache war, die man nicht immer hatte, sondern die irgendwie erworben werden mußte. Zum erstenmal kam ihm jetzt zum Bewußtsein, daß er eine Atmosphäre von Wohlbehagen selbstverständlich gewohnt war und daß rechts und links von seinem Leben Abgründe tief ins Dunkel hineinklafften, an die sein Blick nie gerührt hatte. Mit einem Male bemerkte er, daß es Berufe gab und Bestimmungen, daß rings um sein Leben Geheimnisse geschart waren, nah zum Greifen und doch nie beachtet. Edgar lernte viel von dieser einen Stunde, seit er allein stand, er begann vieles zu sehn aus diesem engen Abteil mit den Fenstern ins Freie. Und leise begann in seiner dunklen Angst etwas aufzublühen, das noch nicht Glück war, aber doch schon ein Staunen vor der Mannigfaltigkeit des Lebens. Er war geflüchtet aus Angst und Feigheit, das empfand er in jeder Sekunde, aber doch zum ersten Male hatte er selbständig gehandelt, etwas erlebt von dem Wirklichen, an dem er bisher vorbeigegangen war. Zum ersten Male war er vielleicht der Mutter und dem Vater selbst Geheimnis geworden, wie ihm bislang die Welt. Mit anderen Blicken sah er aus dem Fenster. Und es war ihm, als ob er zum ersten Male alles Wirkliche sähe, als ob ein Schleier von den Dingen gefallen sei und sie ihm nun alles zeigten, das Innere ihrer Absicht, den geheimen Nerv ihrer Tätigkeit. Häuser flogen vorbei wie vom Wind weggerissen, und er mußte an die Menschen denken, die drinnen wohnten, ob sie reich seien oder arm, glücklich oder unglücklich, ob sie auch die Sehnsucht hatten wie er, alles zu wissen, und ob vielleicht Kinder dort seien, die auch nur mit den Dingen bisher gespielt hatten wie er selbst. Die Bahnwächter, die mit wehenden Fahnen am Weg standen, schienen ihm zum ersten Male nicht, wie bisher, lose Puppen und totes Spielzeug, Dinge, hingestellt von gleichgültigem Zufall, sondern er verstand, daß das ihr Schicksal war, ihr Kampf gegen das Leben. Immer rascher rollten die Räder, nun ließen die runden Serpentinen den Zug zum Tale niedersteigen, immer sanfter wurden die Berge, immer ferner, schon war die Ebene erreicht. Einmal noch sah er zurück, da waren sie schon blau und schattenhaft, weit und unerreichbar, und ihm war, als läge dort, wo sie langsam in dem nebligen Himmel sich lösten, seine eigene Kindheit.

Aber dann in Baden, als der Zug hielt und Edgar sich allein auf dem Perron befand, wo schon die Lichter entflammt waren, die Signale grün und rot in die Ferne glänzten, verband sich unversehens mit diesem bunten Anblick eine plötzliche Bangnis vor der nahen Nacht. Bei Tag hatte er sich noch sicher gefühlt, denn ringsum waren ja Menschen, man konnte sich ausruhen, auf eine Bank setzen oder vor den Läden in die Fenster starren. Wie aber würde er dies ertragen können, wenn die Menschen sich wieder in die Häuser verloren, jeder ein Bett hatte, ein Gespräch und dann eine beruhigte Nacht, während er im Gefühl seiner Schuld allein herumirren mußte, in einer fremden Einsamkeit. Oh, nur bald ein Dach über sich haben, nicht eine Minute mehr unter freiem fremdem Himmel stehen, das war sein einziges klares Gefühl.

Hastig ging er den wohlbekannten Weg, ohne nach rechts und links zu blicken, bis er endlich vor die Villa kam, die seine Großmutter bewohnte. Sie lag schön an einer breiten Straße, aber nicht frei den Blicken dargeboten, sondern hinter Ranken und Efeu eines wohlbehüteten Gartens, ein Glanz hinter einer Wolke von Grün, ein weißes, altväterisch freundliches Haus. Edgar spähte durch das Gitter wie ein Fremder. Innen regte sich nichts, die Fenster waren verschlossen, offenbar waren alle mit Gästen rückwärts im Garten.

Schon berührte er die kühle Klinke, als ein Seltsames geschah: mit einem Male schien ihm das, was er sich jetzt seit zwei Stunden so leicht, so selbstverständlich gedacht hatte, unmöglich. Wie sollte er eintreten, wie sie begrüßen, wie diese Fragen ertragen und wie beantworten? Wie diesen ersten Blick aushalten, wenn er berichten mußte, daß er heimlich seiner Mutter entflohen sei? Und wie gar das Ungeheuerliche seiner Tat erklären, die er selbst schon nicht mehr begriff! Innen ging jetzt eine Tür. Mit einem Male befiel ihn eine törichte Angst, es möchte jemand kommen, und er lief weiter, ohne zu wissen wohin.

Vor dem Kurpark hielt er an, weil er dort Dunkel sah und keine Menschen vermutete. Dort konnte er sich vielleicht niedersetzen und endlich, endlich ruhig denken, ausruhen und über sein Schicksal klarwerden. Schüchtern trat er ein. Vorne brannten ein paar Laternen und gaben den noch jungen Blättern einen gespenstigen Wasserglanz von durchsichtigem Grün; weiter rückwärts aber, wo er den Hügel niedersteigen mußte, lag alles wie eine einzige, dumpfe, schwarze, gärende Masse in der wirren Finsternis einer verfrühten Frühlingsnacht. Edgar schlich scheu an den paar Menschen vorbei, die hier unter dem Lichtkreis der Laternen plaudernd oder lesend saßen: er wollte allein sein. Aber auch droben in der schattenden Finsternis der unbeleuchteten Gänge war keine Ruhe. Alles war da erfüllt von einem leisen, lichtscheuen Rieseln und

Reden, das vielfach gemischt war mit dem Atem des Windes zwischen den biegsamen Blättern, dem Schlürfen ferner Schritte, dem Flüstern verhaltener Stimmen, mit irgendeinem wollüstigen, seufzenden, angstvoll stöhnenden Getön, das von Menschen und Tieren und der unruhig schlafenden Natur gleichzeitig ausgehen mochte. Es war eine gefährliche Unruhe, eine geduckte, versteckte und beängstigende rätselhafte, die hier atmete, irgendein unterirdisches Wühlen im Wald, das vielleicht nur mit dem Frühling zusammenhing, das ratlose Kind aber seltsam verängstigte.

Er preßte sich ganz klein auf eine Bank hin in dieses abgründige Dunkel und versuchte nun zu überlegen, was er zu Hause erzählen sollte. Aber die Gedanken glitten ihm glitschig weg, ehe er sie fassen konnte, gegen seinen eigenen Willen mußte er immer nur lauschen und lauschen auf das gedämpfte Tönen, die mystischen Stimmen des Dunkels. Wie furchtbar diese Finsternis war, wie verwirrend und doch wie geheimnisvoll schön! Waren es Tiere oder Menschen oder nur die gespenstige Hand des Windes, die all dieses Rauschen und Knistern, dieses Surren und Locken ineinanderwebte? Er lauschte. Es war der Wind, der unruhig durch die Bäume schlich, aber – jetzt sah er es deutlich – auch Menschen, verschlungene Paare, die von unten, von der hellen Stadt heraufkamen und die Finsternis mit ihrer rätselhaften Gegenwart belebten. Was wollten sie? Er konnte es nicht begreifen. Sie sprachen nicht miteinander, denn er hörte keine Stimmen, nur die Schritte knirschten unruhig im Kies, und hie und da sah er in der Lichtung ihre Gestalten flüchtig wie Schatten vorüberschweben, immer aber so in eins verschlungen, wie er damals seine Mutter mit dem Baron gesehen hatte. Dieses Geheimnis, das große, funkelnde und verhängnisvolle, es war also auch hier. Immer näher hörte er jetzt Schritte herankommen und nun auch ein gedämpftes Lachen. Angst befiel ihn, die Nahenden möchten ihn hier finden, und noch tiefer ins Dunkel drückte er sich hinein. Aber die beiden, die jetzt durch die undurchdringliche Finsternis den Weg herauftasteten, sahen ihn nicht. Verschlungen gingen sie vorbei, schon atmete Edgar auf, da stockte plötzlich ihr Schritt, knapp vor seiner Bank. Sie preßten die Gesichter aneinander, Edgar konnte nichts deutlich sehen, er hörte nur, wie ein Stöhnen aus dem Munde der Frau brach, der Mann heiße, wahnsinnige Worte stammelte, und irgendein schwüles Vorgefühl durchdrang seine Angst mit einem wollüstigen Schauer. Eine Minute blieben sie so, dann knirschte wieder der Kies unter ihren weiterwandernden Schritten, die dann bald in der Finsternis verklangen.

Edgar schauerte zusammen. Das Blut stürzte ihm jetzt wieder in die Adern zurück, heißer und wärmer als zuvor. Und mit einem Male fühlte er sich unerträglich einsam in dieser verwirrenden Finsternis, urmächtig

kam das Bedürfnis über ihn nach irgendeiner befreundeten Stimme, einer Umarmung, nach einem hellen Zimmer, nach Menschen, die er liebte. Ihm war, als wäre die ganze ratlose Dunkelheit dieser wirren Nacht nun in ihn gesunken und zersprenge ihm die Brust.
Er sprang auf. Nur heim, heim, irgendwo zu Hause sein im warmen, im hellen Zimmer, in irgendeinem Zusammenhang mit Menschen. Was konnte ihm denn geschehen? Sollte man ihn schlagen und beschimpfen, er fürchtete nichts mehr, seit er dieses Dunkel gespürt hatte und die Angst vor der Einsamkeit.
Es trieb ihn vorwärts, ohne daß er sich spürte, und plötzlich stand er neuerdings vor der Villa, die Hand wieder an der kühlen Klinke. Er sah, wie jetzt die Fenster erleuchtet durch das Grün glimmerten, sah in Gedanken hinter jeder hellen Scheibe den vertrauten Raum mit seinen Menschen darin. Schon dieses Nahsein gab ihm Glück, schon dieses erste, beruhigende Gefühl, daß er nah sei zu Menschen, von denen er sich geliebt wußte. Und wenn er noch zögerte, so war es nur, um dieses Vorgefühl inniger zu genießen.
Da schrie hinter ihm eine Stimme mit gellem Erschrecken:
»Edgar, da ist er ja!«
Das Dienstmädchen seiner Großmama hatte ihn gesehen, stürzte auf ihn los und faßte ihn bei der Hand. Die Türe wurde innen aufgerissen, bellend sprang ein Hund an ihm empor, aus dem Hause kam man mit

Lichtern, er hörte Stimmen mit Jubel und Schreckrufen, einen freudigen Tumult von Schreien und Schritten, die sich näherten, Gestalten, die er jetzt erkannte. Vorerst seine Großmutter mit ausgestrecktem Arm und hinter ihr – er glaubte zu träumen – seine Mutter. Mit verweinten Augen, zitternd und verschüchtert, stand er selbst inmitten dieses heißen Ausbruchs überschwenglicher Gefühle, unschlüssig, was er tun, was er sagen sollte, und selber unklar, was er fühlte: Angst oder Glück.

## *Der letzte Traum*

Das war so geschehen: Man hatte ihn hier längst schon gesucht und erwartet. Seine Mutter, trotz ihres Zornes erschreckt durch das rasende Wegstürzen des erregten Kindes, hatte ihn am Semmering suchen lassen. Schon war alles in furchtbarster Aufregung und voll gefährlicher Vermutungen, als ein Herr die Nachricht brachte, er habe das Kind gegen drei Uhr am Bahnschalter gesehen. Dort erfuhr man rasch, daß Edgar eine Karte nach Baden genommen hatte, und sie fuhr, ohne zu zögern, ihm sofort nach. Telegramme nach Baden und Wien an seinen Vater liefen ihr voran, Aufregung verbreitend, und seit zwei Stunden war alles in Bewegung nach dem Flüchtigen.
Jetzt hielten sie ihn fest, aber ohne Gewalt. In einem

unterdrückten Triumph wurde er hineingeführt ins Zimmer, aber wie seltsam war ihm dies, daß er alle die harten Vorwürfe, die sie ihm sagten, nicht spürte, weil er in ihren Augen doch die Freude und die Liebe sah. Und sogar dieser Schein, dieser geheuchelte Ärger dauerte nur einen Augenblick. Dann umarmte ihn wieder die Großmutter mit Tränen, niemand sprach mehr von seiner Schuld, und er fühlte sich von einer wundervollen Fürsorge umringt. Da zog ihm das Mädchen den Rock aus und brachte ihm einen wärmeren, da fragte ihn die Großmutter, ob er nicht Hunger habe oder irgend etwas wollte, sie fragten und quälten ihn mit zärtlicher Besorgnis, und wie sie seine Befangenheit sahen, fragten sie nicht mehr. Wollüstig empfand er das so mißachtete und doch entbehrte Gefühl wieder, ganz Kind zu sein, und Scham befiel ihn über die Anmaßung der letzten Tage, all dies entbehren zu wollen, es einzutauschen für die trügerische Lust einer eigenen Einsamkeit.
Nebenan klingelte das Telefon. Er hörte die Stimme seiner Mutter, hörte einzelne Worte: »Edgar ... zurück ... herkommen ... letzter Zug«, und wunderte sich, daß sie ihn nicht wild angefahren hatte, nur umfaßt mit so merkwürdig verhaltenem Blick. Immer wilder wurde die Reue in ihm, und am liebsten hätte er sich hier all der Sorgfalt seiner Großmutter und seiner Tante entwunden und wäre hineingegangen, sie um Verzeihung zu bitten, ihr ganz in Demut, ganz allein

zu sagen, er wolle wieder Kind sein und gehorchen. Aber als er jetzt leise aufstand, sagte die Großmutter leise erschreckt:
»Wohin willst du?«
Da stand er beschämt. Sie hatten schon Angst für ihn, wenn er sich regte. Er hatte sie alle verschreckt, nun fürchteten sie, er wolle wieder entfliehen. Wie würden sie begreifen können, daß niemand mehr diese Flucht bereute als er selbst!
Der Tisch war gedeckt, und man brachte ihm ein eiliges Abendessen. Die Großmutter saß bei ihm und wandte keinen Blick. Sie und die Tante und das Mädchen schlossen ihn in einen stillen Kreis, und er fühlte sich von dieser Wärme wundersam beruhigt. Nur daß seine Mutter nicht ins Zimmer trat, machte ihn wirr. Wenn sie hätte ahnen können, wie demütig er war, sie wäre bestimmt gekommen!
Da ratterte draußen ein Wagen und hielt vor dem Haus. Die anderen schreckten so sehr auf, daß auch Edgar unruhig wurde. Die Großmutter ging hinaus, Stimmen flogen laut hin und her durch das Dunkel, und auf einmal wußte er, daß sein Vater gekommen war. Scheu merkte Edgar, daß er jetzt wieder allein im Zimmer stand, und selbst dieses kleine Alleinsein verwirrte ihn. Sein Vater war streng, war der einzige, den er wirklich fürchtete. Edgar horchte hinaus, sein Vater schien erregt zu sein, er sprach laut und geärgert. Dazwischen klangen begütigend die Stimmen seiner

Großmutter und der Mutter, offenbar wollten sie ihn milder stimmen. Aber die Stimme blieb hart, hart wie die Schritte, die jetzt herankamen, näher und näher, nun schon im Nebenzimmer waren, knapp vor der Türe, die jetzt aufgerissen wurde.
Sein Vater war sehr groß. Und unsäglich klein fühlte sich jetzt Edgar vor ihm, wie er eintrat, nervös und anscheinend wirklich im Zorn.
»Was ist dir eingefallen, du Kerl, davonzulaufen? Wie kannst du deine Mutter so erschrecken?«
Seine Stimme war zornig und in den Händen eine wilde Bewegung. Hinter ihm war mit leisem Schritt jetzt die Mutter hereingetreten. Ihr Gesicht war verschattet.
Edgar antwortete nicht. Er hatte das Gefühl, sich rechtfertigen zu müssen, aber doch, wie sollte er das erzählen, daß man ihn betrogen hatte und geschlagen? Würde er es verstehen?
»Nun, kannst du nicht reden? Was war los? Du kannst es ruhig sagen! War dir etwas nicht recht? Man muß doch einen Grund haben, wenn man davonläuft! Hat dir jemand etwas zuleide getan?« Edgar zögerte. Die Erinnerung machte ihn wieder zornig, schon wollte er anklagen. Da sah er – und sein Herz stand still dabei –, wie seine Mutter hinter dem Rücken des Vaters eine sonderbare Bewegung machte. Eine Bewegung, die er erst nicht verstand. Aber jetzt sah sie ihn an, in ihren Augen war eine flehende Bitte. Und leise, ganz leise

hob sie den Finger zum Mund im Zeichen des Schweigens.
Da brach, das Kind fühlte es, plötzlich etwas Warmes, eine ungeheure wilde Beglückung durch seinen ganzen Körper. Er verstand, daß sie ihm das Geheimnis zu hüten gab, daß auf seinen kleinen Kinderlippen ein Schicksal lag. Und wilder, jauchzender Stolz erfüllte ihn, daß sie ihm vertraute, jäh überkam ihn ein Opfermut, ein Wille, seine eigene Schuld noch zu vergrößern, um zu zeigen, wie sehr er schon Mann war. Er raffte sich zusammen:
»Nein, nein . . . es war kein Anlaß. Mama war sehr gut zu mir, aber ich war ungezogen, ich habe mich schlecht benommen . . . und da . . . da bin ich davongelaufen, weil ich mich gefürchtet habe.«
Sein Vater sah ihn verdutzt an. Er hatte alles erwartet, nur nicht dieses Geständnis. Sein Zorn war entwaffnet.
»Na, wenn es dir leid tut, dann ist's schon gut. Dann will ich heute nichts mehr darüber reden. Ich glaube, du wirst es dir ein anderes Mal doch überlegen! Daß so etwas nicht mehr vorkommt.«
Er blieb stehen und sah ihn an. Seine Stimme wurde jetzt milder.
»Wie blaß du aussiehst. Aber mir scheint, du bist schon wieder größer geworden. Ich hoffe, du wirst solche Kindereien nicht mehr tun; du bist ja wirklich kein Bub mehr und könntest schon vernünftig sein!«

Edgar blickte die ganze Zeit über nur auf seine Mutter. Ihm war, als funkelte etwas in ihren Augen. Oder war dies nur der Widerschein der Flamme? Nein, es glänzte dort feucht und hell, und ein Lächeln war um ihren Mund, das ihm Dank sagte. Man schickte ihn jetzt zu Bett, aber er war nicht traurig darüber, daß sie ihn allein ließen. Er hatte ja so viel zu überdenken, so viel Buntes und Reiches. All der Schmerz der letzten Tage verging in dem gewaltigen Gefühl des ersten Erlebnisses, er fühlte sich glücklich in einem geheimnisvollen Vorgefühl künftiger Geschehnisse. Draußen rauschten im Dunkel die Bäume in der verfinsterten Nacht, aber er kannte kein Bangen mehr. Er hatte alle Ungeduld vor dem Leben verloren, seit er wußte, wie reich es war. Ihm war, als hätte er es zum erstenmal heute nackt gesehen, nicht mehr verhüllt von tausend Lügen der Kindheit, sondern in seiner ganzen wollüstigen, gefährlichen Schönheit. Er hatte nie gedacht, daß Tage so vollgepreßt sein konnten vom vielfältigen Übergang des Schmerzes und der Lust, und der Gedanke beglückte ihn, daß noch viele solche Tage ihm bevorständen, ein ganzes Leben warte, ihm sein Geheimnis zu entschleiern. Eine erste Ahnung der Vielfältigkeit des Lebens hatte ihn überkommen, zum ersten Male glaubte er das Wesen der Menschen verstanden zu haben, daß sie einander brauchten, selbst wenn sie sich feindlich schienen, und daß es sehr süß sei, von ihnen geliebt zu werden. Er war unfähig, an irgend etwas oder irgend jemanden mit Haß zu denken, er bereute nichts, und selbst für den Baron, den Verführer, seinen bittersten Feind, fand er ein neues Gefühl der Dankbarkeit, weil er ihm die Tür aufgetan hatte zu dieser Welt der ersten Gefühle.

Das war alles sehr süß und schmeichlerisch nun im Dunkel zu denken, leise schon verworren mit Bildern aus Träumen, und beinahe war es schon Schlaf. Da war ihm, als ob plötzlich die Türe ginge und leise etwas käme. Er glaubte sich nicht recht, war auch schon zu schlafbefangen, um die Augen aufzutun. Da spürte er atmend über sich ein Gesicht weich, warm und mild das seine streifen und wußte, daß seine Mutter es war, die ihn jetzt küßte und ihm mit der Hand übers Haar fuhr. Er fühlte die Küsse und fühlte die Tränen, sanft die Liebkosung erwidernd, und nahm es nur als Versöhnung, als Dankbarkeit für sein Schweigen. Erst später, viele Jahre später, erkannte er in diesen stummen Tränen ein Gelöbnis der alternden Frau, daß sie von nun ab nur ihm, nur ihrem Kinde gehören wollte, eine Absage an das Abenteuer, ein Abschied von allen eigenen Begehrlichkeiten. Er wußte nicht, daß auch sie ihm dankbar war, aus einem unfruchtbaren Abenteuer gerettet zu sein, und ihm nun mit dieser Umarmung die bitter-süße Last der Liebe für sein zukünftiges Leben wie ein Erbe überließ. All dies verstand das Kind von damals nicht, aber es fühlte, daß es sehr beseligend sei, so geliebt zu sein,

und daß es durch diese Liebe schon verstrickt war mit dem großen Geheimnis der Welt.
Als sie dann die Hand von ihm ließ, die Lippen sich den seinen entwanden und die leise Gestalt entrauschte, blieb noch ein Warmes zurück, ein Hauch über seinen Lippen. Und schmeichlerisch flog ihn Sehnsucht an, oft noch solche weiche Lippen zu spüren und so zärtlich umschlungen zu werden, aber dieses ahnungsvolle Vorgefühl des so ersehnten Geheimnisses war schon umwölkt vom Schatten des Schlafes. Noch einmal zogen all die Bilder der letzten Stunden farbig vorbei, noch einmal blätterte sich das Buch seiner Jugend verlockend auf. Dann schlief das Kind ein, und es begann der tiefere Traum seines Lebens.

# SOMMERNOVELLETTE

Den Augustmonat des vergangenen Sommers verbrachte ich in Cadenabbia, einem jener kleinen Orte am Comer See, die dort zwischen weißen Villen und dunklem Wald so reizvoll sich bergen. Still und friedsam wohl auch in den lebendigeren Tagen des Frühlings, wenn die Reisenden von Bellagio und Menaggio den schmalen Strand beschwärmen, war das Städtchen in diesen warmen Wochen eine duftende, sonnenbeglänzte Einsamkeit. Das Hotel war fast ganz verlassen: ein paar versprengte Gäste, jeder dem andern durch die Tatsache merkwürdig, sich so verlorene Stelle zum Sommeraufenthalt erwählt zu haben, wunderten sich jeden Morgen, den andern noch standhaft zu finden. Am erstaunlichsten war dies mir bei einem älteren, sehr vornehmen und kultivierten Herrn, der – dem Aussehen nach ein Mitteltypus zwischen korrektem englischem Staatsmann und einem Pariser Coureur –, ohne zu irgendwelchem Seesport Zuflucht zu nehmen, den Tag damit verbrachte, den Rauch von Zigaretten sinnend vor sich in der Luft zergehen zu sehen oder ab und zu in einem Buche zu blättern. Die drückende Einsamkeit zweier Regentage und sein offenes Entgegenkommen gaben unserer Bekanntschaft rasch eine Herzlichkeit, die der Jahre Ungleichheit fast ganz überbrückte. Livländer von Geburt, in Frankreich und später in England erzogen, berufslos seit je, ohne ständigen Aufenthalt seit Jahren, war er heimatlos in dem edlen Sinne derer, die, Wikinger und Piraten der Schönheit, aller Städte Kostbarkeiten im räuberischen Flug in sich versammelt haben. Dilettantisch war er allen Künsten nahe, aber stärker als die Liebe war seine vornehme Verachtung, ihnen zu dienen: er dankte ihnen tausend schöne Stunden, ohne ihnen eine einzige schöpferischer Not gewidmet zu haben. Er lebte eines jener Leben, die überflüssig scheinen, weil sie sich keiner Gemeinsamkeit einketten, weil all der Reichtum, den tausend einzelne kostbare Erlebnisse in ihnen aufgespeichert haben, mit ihrem letzten Atemzug unvererbt zerrinnt.

Davon sprach ich eines Abends zu ihm, als wir nach dem Diner vor dem Hotel saßen und sahen, wie sich der helle See langsam vor unserem Blick verdunkelte. Er lächelte: »Vielleicht haben Sie nicht unrecht. Ich glaube zwar nicht an Erinnerungen: das Erlebte ist erlebt in der Sekunde, da es uns verläßt. Und Dichtung: geht das nicht ebenso zugrunde, zwanzig, fünfzig, hundert Jahre später? Aber ich will Ihnen heute etwas erzählen, wovon ich glaube, daß es eine hübsche Novelle wäre. Kommen Sie! Solche Dinge sprechen sich besser im Gehen.«

So gingen wir den wunderbaren Strandweg entlang, überschattet von den ewigen Zypressen und verworrenen Kastanienbäumen, zwischen deren Gezweige der See unruhig spiegelte. Drüben lag die weiße Wolke Bellagio, sanft getönt von den hinrinnenden Farben der schon gesunkenen Sonne, und hoch, hoch oben über dem dunklen Hügel glänzte, von den Strahlen diamanten umfaßt, die funkelnde Mauerkrone der Villa Serbelloni. Die Wärme war leicht schwülend und doch nicht lastend; wie ein sanfter Frauenarm lehnte sie sich zärtlich an die Schatten und füllte den Atem mit dem Dufte unsichtbarer Blüten.

Er begann: »Ein Geständnis soll den Anfang machen. Ich habe Ihnen bislang verschwiegen, daß ich schon im vergangenen Jahre hier war, hier in Cadenabbia, zur gleichen Jahreszeit und im gleichen Hotel. Das mag Sie wundern, um so mehr als ich Ihnen ja erzählte, daß ich es von je vermied, etwas in meinem Leben zu wiederholen. Aber hören Sie! Es war natürlich ebenso einsam wie diesmal. Der gleiche Herr aus Mailand war hier, der den ganzen Tag Fische fängt, um sie abends wieder loszulassen und am nächsten Morgen wieder einzufangen; es waren zwei alte Engländerinnen da, deren leise vegetative Existenz man kaum bemerkte, ferner ein hübscher junger Bursch mit einem lieben, blassen Mädel, von der ich bis heute noch nicht glaube, daß sie seine Frau war, weil sie sich viel zu herzlich gern zu haben schienen. Schließlich eine deutsche Familie, Norddeutsche vom schärfsten Typus. Eine ältere, semmelblonde, hartknochige Dame mit eckigen, häßlichen Bewegungen, stechenden Stahlaugen und einem wie mit dem Messer geschnittenen scharfen, zänkischen Mund. Mit ihr eine Schwester, unverkennbar, denn es waren die gleichen Züge, nur zergangen, zerfaltet, irgendwie weich geworden, beide stets zusammen und nie doch im Gespräch und immer über die Stickerei gebeugt, in die sie ihre ganze Gedankenlosigkeit zu spinnen schienen, unerbittliche Parzen einer Welt der Langeweile und Beschränktheit. Und zwischen ihnen ein junges, etwa sechzehnjähriges Mädchen, die Tochter einer der beiden, ich weiß nicht, welcher, denn die harte Unfertigkeit ihrer Züge mischte sich schon mit leichter frauenhafter Rundung. Sie war eigentlich unhübsch, zu schlank, unreif, überdies natürlich ungeschickt gekleidet, aber es war etwas Rührendes in ihrer hilflosen Sehnsucht. Ihre Augen waren groß und wohl auch voll dunklen Lichtes, aber sie flüchteten immer verlegen weg, den Glanz in zwinkernde Lichter verflatternd. Auch sie kam immer mit einer Arbeit, aber ihre Hände wurden oft langsam, die Finger schliefen ein, und dann saß sie still, mit einem träumerischen, unbewegten Blick über den See hin. Ich weiß nicht, was mich so merkwürdig an diesem Anblick ergriff. War es der banale und doch so unvermeidliche Gedanke, der einen befällt, wenn man die verblühte Mutter mit der

blühenden Tochter sieht, den Schatten hinter der Gestalt, der Gedanke, daß in jeder Wange die Falte, in jedem Lachen die Müdigkeit, in jedem Traume schon die Enttäuschung versteckt wartet? Oder war es diese wilde, eben ausbrechende, ziellose Sehnsucht, die sich überall in ihr verriet, jene einzige, wunderbare Minute im Leben der Mädchen, wo sie den Blick begehrend ins All richten, weil sie das Eine noch nicht haben, an das sie sich dann klammern und an dem sie dann faulend hängen wie Algen am schwimmenden Holz? Es war für mich unendlich packend, sie zu beobachten, den träumerischen, feuchten Blick, die wilde, überschwengliche Art, mit der sie jeden Hund und jede Katze liebkoste, die Unruhe, die sie vielerlei beginnen ließ und nichts zu Ende tun. Und dann die glühende Hast, mit der sie abends die paar elenden Bände der Hotelbibliothek durchjagte oder in den zwei zerlesenen Gedichtbänden blätterte, die sie sich mitgebracht hatte, in ihrem Goethe und Baumbach . . . Doch warum lächeln Sie?«
Ich mußte mich entschuldigen: »Es ist nur die Zusammenstellung, Goethe und Baumbach.«
»Ach so! Natürlich, es ist ja komisch. Und doch wieder nicht. Glauben Sie mir, daß es jungen Mädchen in diesem Alter ganz gleichgültig ist, ob sie gute oder schlechte, echte oder verlogene Gedichte lesen. Ihnen sind Verse nur Becher für den Durst, und sie achten nicht auf den Wein, denn der Rausch ist ja schon in

ihnen, noch ehe sie getrunken. Und so war dieses Mädchen, so kelchvoll von Sehnsucht, daß sie ihr bis in die Augen glänzte, die Spitzen der Finger über den Tisch zittern ließ und ihrem Gang eine eigene ungelenke und doch wieder beschwingte Art zwischen Flug und Furcht gab. Man sah, daß sie hungerte, mit jemandem zu sprechen, etwas von ihrer Fülle wegzugeben, aber da war niemand, nur Einsamkeit, nur das Klappern der Nadeln rechts und links, die kalten, bedächtigen Blicke der beiden Damen. Ein unendliches Mitleid kam mich an. Und doch, ich konnte mich ihr nicht nähern, denn erstlich, was ist ein bejahrter Mann einem Mädchen in diesem Augenblick, und dann, mein Abscheu vor Familienbekanntschaften und besonders Bekanntschaft ältlicher Bürgerdamen erdrosselte jede Möglichkeit. Da versuchte ich eine merkwürdige Sache. Ich dachte: dies ist ein junges Mädchen, unflügge, unerfahren, das erstemal wohl in Italien, das ja in Deutschland, dank dem Engländer Shakespeare, der nie dort gewesen ist, als das Land der romantischen Liebe gilt, der Romeos, der heimlichen Abenteuer, der fallenden Fächer, blitzenden Dolche, der Masken, Duennas und der zärtlichen Briefe. Sicherlich träumt sie von Abenteuern, und wer kennt Mädchenträume, diese weißen, wehenden Wolken, die ziellos im Blau schweben und so wie die Wolken immer am Abend in heißeren Farben, in Rosa und dann in brennendem Rot erglühen? Nichts wird ihr hier Unwahrscheinlichkeit, Unmöglichkeit dünken. So entschloß ich mich, ihr einen geheimnisvollen Liebhaber zu erfinden.

Und noch am selben Abend schrieb ich einen langen Brief demütiger und respektvoller Zärtlichkeit, voll fremdartiger Andeutungen und ohne Unterschrift. Einen Brief, der nichts verlangte, nichts verhieß, überschwenglich und zurückhaltend zugleich, kurz, einen romantischen Liebesbrief wie aus einem Versstück. Und da ich wußte, daß sie täglich, von ihrer Unrast gejagt, als erste beim Frühstück erschien, faltete ich ihn in die Serviette ein. Der Morgen kam. Ich beobachtete sie vom Garten aus, sah ihre ungläubige Überraschung, ihr jähes Erschrecken, sah die rote Flamme, die über die blassen Wangen schoß und hastig bis tief in die Kehle lief. Sah ihr hilfloses Umblicken, das Zucken, die diebische Bewegung, mit der sie den Brief verbarg, und dann, wie sie unruhig, nervös saß, das Frühstück kaum berührend und schon wegschießend, hinaus, irgendwohin in die schattigen, unbelebten Gänge, das geheimnisvolle Schreiben zu entziffern ... Sie wollten etwas sagen?«

Ich hatte unwillkürlich eine Bewegung gemacht, die ich jetzt erklären mußte. »Ich finde das sehr verwegen. Haben Sie nicht daran gedacht, sie könnte nachforschen, oder das Einfachste, den Kellner fragen, wie der Brief in die Serviette kam? Oder ihn ihrer Mutter zeigen?«

»Natürlich dachte ich daran. Aber hätten Sie das Mädchen gesehen, dieses furchtsame, verschreckte liebe Geschöpf, das sich immer ängstlich umsah, wenn sie einmal etwas lauter gesprochen hatte, dann wäre Ihnen jedes Bedenken verflogen. Es gibt Mädchen, deren Schamhaftigkeit so groß ist, daß Sie mit ihnen das Äußerste wagen können, weil sie so hilflos sind und lieber das Ärgste erdulden, ehe sich mit einem Worte andern anzuvertrauen. Lächelnd sah ich ihr nach und freute mich, wie sehr mein Spiel gelungen war. Da kam sie schon zurück, und ich fühlte mein Blut plötzlich an der Schläfe: das war ein anderes Mädchen, ein anderer Schritt. Sie ging unruhig und verworren heran, eine glühende Welle hatte ihr Gesicht übergossen, und eine süße Verlegenheit machte sie ungelenk. Und so den ganzen Tag. Zu jedem Fenster flog ihr Blick auf, als könnte er dort das Geheimnis fassen, jeden Vorüberschreitenden umkreiste er, und einmal fiel er auch auf mich, der ihm vorsichtig auswich, um sich nicht durch ein Blinken zu verraten; aber in dieser blitzschnellen Sekunde hatte ich ein Feuer der Frage gefühlt, vor dem ich fast erschrak, und wieder nach Jahren empfunden, daß keine Wollust gefährlicher, verlockender und verderbter ist, als jenen ersten Funken in das Auge eines Mädchens zu sprengen. Ich sah sie dann zwischen den beiden sitzen mit schläfrigen Fingern und sah, wie sie manchmal hastig an eine Stelle ihres Kleides griff, von der ich sicher war, daß sie den Brief verbarg. Nun lockte mich das Spiel. Und noch am Abend schrieb ich ihr einen zweiten Brief und so die nächsten folgenden Tage: es wurde mir ein eigener erregender Reiz, die Empfindungen eines verliebten, jungen Menschen in meinen Briefen zu verkörpern, Steigerungen einer Leidenschaft zu erfinden, die nur ersonnen war, es wurde mir ein fesselnder Sport, wie Jäger ihn wohl haben mögen, wenn sie Schlingen legen oder Wild vor ihre Läufe locken. Und so unbeschreiblich, fast schreckhaft war für mich mein eigener Erfolg, daß ich schon dachte abzubrechen, hätte die Versuchung mich nicht so glühend an das begonnene Spiel gefesselt. Eine Leichtigkeit, eine wilde Wirrnis wie von Tanz kam in ihren Gang, eine eigene fiebrige Schönheit brach aus ihren Zügen; ihr Schlaf mußte ein Warten und Wachen auf den Brief des Morgens sein, denn ihr Auge war dunkel in der Frühe verschattet und unstet in seinem Feuer. Sie begann auf sich zu achten, trug Blumen in ihrem Haar, eine wunderbare Zärtlichkeit gegen alle Dinge beschwichtigte ihre Hände, eine stete Frage lag in ihrem Blick, denn sie fühlte aus tausend Kleinigkeiten, die ich in den Briefen verriet, daß der Schreiber ihr nahe sein mußte, ein Ariel, der mit Musik die Lüfte füllt, nahe schwebend, das geheimste Tun belauschend und doch durch seinen Willen unsichtbar. So heiter wurde sie, daß selbst den beiden stumpfen Damen die Wandlung nicht entging, denn manchmal ließen sie gütig-neugierig ihren Blick an der eilenden Gestalt und an den aufknospenden Wangen haften, um sich dann mit verstohlenem Lächeln anzusehen. Ihre Stimme bekam Klang, wurde lauter, heller, verwegener, und an ihrer Kehle zitterte oft ein Zucken und Schwellen, als wollte plötzlich Gesang in jubelnden Trillern aufsteigen, als wäre ... Aber Sie lächeln schon wieder!«

»Nein, nein, bitte, erzählen Sie nur weiter. Ich meine nur, Sie erzählen sehr gut, Sie haben – verzeihen Sie – Talent und würden sicher das so gut erzählen wie einer unserer Novellisten.«

»Damit wollen Sie mir wohl höflich und vorsichtig andeuten, daß ich erzähle wie Ihre deutschen Novellisten, also lyrisch verstiegen, breit, sentimentalisch, langweilig. Ja, ich will kürzer sein! Die Marionette tanzte, und ich zog die Fäden mit überlegter Hand. Um von mir jeden Verdacht abzulenken – denn manchmal fühlte ich, wie sich ihr Blick prüfend an dem meinen anhalten wollte –, hatte ich ihr die Möglichkeit nahe gestellt, daß der Schreiber nicht hier, sondern in einem der nahen Kurplätze wohne und täglich im Boot oder mit dem Dampfer herüberkäme. Und nun sah ich sie immer, wenn die Glocke des nahenden Schiffes klang, unter einem Vorwand der mütterlichen Wacht entgleiten, wegstürmen und von einem Winkel des Piers die Ankommenden mit angehaltenem Atem mustern.

Und da geschah es einmal – es war ein trüber Nachmittag, und ich wußte nichts Besseres, als sie zu beobachten –, daß etwas sehr Merkwürdiges sich ereignete. Unter den Passagieren war ein hübscher junger Mann, mit jener extravaganten Eleganz der italienischen jungen Leute gekleidet, und wie er suchend den Ort überflog, fiel ihm voll der verzweifelt suchende, fragende, saugende Blick des jungen Mädchens ins Auge. Und sofort überstürzte, das leise Lächeln wild überflutend, die rote Welle der Scham ihr Gesicht. Der junge Mann stutzte, wurde aufmerksam – wie ja leicht verständlich ist, wenn man einen so heißen Blick voll tausend ungesagter Dinge zugeworfen empfängt –, lächelte und suchte ihr zu folgen. Sie flüchtete, stockte in der Sicherheit, daß es der lang Gesuchte war, eilte wieder weiter und sah sich doch wieder um, es war jenes ewige Spiel zwischen Wollen und Fürchten, Sehnsucht und Scham, in dem doch immer die süße Schwäche die Stärkere ist. Er, sichtlich ermutigt, wenn auch überrascht, eilte nach und war ihr schon nahe, und ich fühlte mit Erschrecken, wie sich alles zu einem beängstigenden Chaos verwirren müsse – da kamen die beiden Damen den Weg entlang. Das Mädchen flog ihnen wie ein scheuer Vogel entgegen, der junge Mann zog sich vorsichtig zurück, aber noch trafen sich im Rückwenden einmal ihre Blicke, um sich fieberhaft ineinanderzusaugen. Dieses Ereignis mahnte mich zuerst, dem Spiel ein Ende zu machen, aber doch die Verlockung war zu stark, und ich entschloß mich, diesen Zufall als willigen Gehilfen zu wählen, und schrieb ihr am Abend einen ungewöhnlich langen Brief, der ihre Vermutung bestätigen mußte. Es reizte mich, nun mit zwei Personen zu agieren.

Am nächsten Morgen erschreckte mich die zitternde Verwirrung in ihren Zügen. Die schöne Unrast war einer mir unverständlichen Nervosität gewichen, ihre Augen waren feucht und gerötet wie von Tränen, ein Schmerz schien sie im Tiefsten zu durchdringen. All ihr Schweigen schien nach einem wilden Schrei zu drängen, Dunkel lag um ihre Stirne, eine düstere herbe Verzweiflung in ihren Blicken, während ich gerade diesmal klare Freude erwartet hatte. Mir wurde bange. Zum erstenmal drängte sich etwas Fremdes ein, die Marionette gehorchte nicht und tanzte anders, als ich wollte. Ich grübelte nach allen Möglichkeiten und fand keine. Mir begann angst zu werden vor meinem Spiel, und ich kehrte nicht vor abends heim, um der Anklage in ihren Blicken zu entweichen. Als ich heimkam, verstand ich alles. Der Tisch war nicht mehr gedeckt, die Familie war abgereist. Sie hatte fort müssen, ohne ihm ein Wort sagen zu können, und konnte den Ihren nicht verraten, wie sehr ihr Herz noch an einem einzigen Tage, an einer Stunde hing, sie war fortgeschleppt worden aus einem süßen Traum in irgendeine klägliche Kleinstadt. Daran hatte ich vergessen. Und ich fühle jetzt noch wie eine Anklage diesen letzten Blick, diese furchtbare Gewalt von Zorn, Qual, Verzweiflung und bitterstem Weh, das ich, wer weiß wie weit, in ihr Leben hineingeschleudert habe.«

Er schwieg. Mit uns war die Nacht gegangen, und von dem durch Gewölk verhangenen Mond ging ein eigentümlich klirrendes Licht aus. Zwischen den Bäumen schienen Funken und Sterne zu hängen und die bleiche Fläche des Sees. Wir gingen wortlos weiter. Endlich brach mein Begleiter das Schweigen. »Das war die Geschichte. Wäre es nicht eine Novelle?«

»Ich weiß nicht. Es ist jedenfalls eine Geschichte, die ich mit den anderen mir bewahren will, für die ich Ihnen schon dankbar sein muß. Aber eine Novelle? Ein schöner Einsatz, der mich verlocken könnte, vielleicht. Denn diese Menschen, sie streifen sich nur, sie beherrschen sich nicht ganz, es sind Ansätze zu Schicksalen, aber kein Schicksal. Man müßte sie zu Ende dichten.«

»Ich verstehe, was Sie meinen. Das Leben des jungen Mädchens, die Heimkehr in die Kleinstadt, die furchtbare Tragik der Alltäglichkeit . . .«

»Nein, nicht das so sehr. Das junge Mädchen interessiert mich weiter nicht. Junge Mädchen sind immer uninteressant, so merkwürdig sie sich auch selbst dünken, weil ihre ganzen Erlebnisse nur negative und darum zu ähnliche sind. Das Mädchen in diesem Falle heiratet, wenn ihre Zeit gekommen ist, den braven Bürgersmann daheim, und diese Affäre bleibt das blühende Blatt ihrer Erinnerungen. Das Mädchen interessiert mich nicht weiter.«

»Das ist merkwürdig. Ich wieder weiß nicht, was Sie an dem jungen Mann finden können. Solche Blicke, dieses Feuer im Vorübersprühen, fängt jeder in seiner Jugend, die meisten bemerken es gar nicht, die anderen vergessen rasch daran. Man muß alt werden, um zu wissen, daß gerade dies vielleicht das Edelste und Tiefste ist, das man empfängt, das heiligste Vorrecht der Jugend.«

»Es ist auch gar nicht der junge Mann, der mich interessiert . . .«

»Sondern?«

»Ich würde den älteren Herrn, den Briefschreiber, umformen, ihn zu Ende dichten. Ich glaube, in keinem Alter schreibt man ungestraft feurige Briefe und träumt sich in die Gefühle einer Liebe hinein. Ich würde darzustellen versuchen, wie aus dem Spiele Ernst wird, wie er das Spiel zu beherrschen glaubt, da das Spiel schon ihn beherrscht. Die erwachende Schönheit des Mädchens, die er als Beobachter nur zu sehen vermeint, reizt und faßt ihn tiefer. Und der Augenblick, da ihm plötzlich alles entgleitet, gibt ihm eine wilde Sehnsucht nach dem Spiel und – dem Spielzeug. Mich würde jene Umkehr in der Liebe reizen, die die Leidenschaft eines alten Mannes der eines Knaben sehr ähnlich machen muß, weil beide sich nicht ganz vollwertig fühlen, ich würde ihm das Bangen und die Erwartung geben. Ich ließe ihn unstet werden, ihr nachreisen, um sie zu sehen, und doch im letzten Augenblick sich nicht in ihre Nähe wagen, ich ließe ihn an denselben Ort wieder zurückkommen in der Hoffnung, sie wiederzusehen, den Zufall zu beschwören, der dann immer grausam ist. In dieser Linie würde ich mir die Novelle denken, und sie wäre dann . . .«

»Verlogen, falsch, unmöglich!«

Ich schrak auf. Die Stimme fuhr hart, heiser zitternd und fast drohend in meine Worte. Nie hatte ich bei meinem Begleiter eine solche Erregung gesehen. Blitzschnell ahnte ich, woran ich unbedachtsam getastet hatte. Und wie er so hastig stehen blieb, sah ich, peinlich berührt, sein weißes Haar schimmern.

Ich wollte rasch ablenken, umbiegen. Aber da sprach er schon wieder, und jetzt ganz herzlich und dunkelweich mit seiner ruhenden tiefen Stimme, die von leiser Melancholie schön getönt war. »Oder Sie mögen recht haben. Es ist ja viel interessanter, ›*L'amour coûte cher aux vieillards*‹, so hat, glaube ich, Balzac eine seiner rührendsten Geschichten genannt, und es ließen sich noch viele zu dem Titel schreiben. Aber die alten Leute, die davon das Heimlichste wissen, erzählen nur gern von ihren Erfolgen und nicht von ihren Schwächen. Sie fürchten lächerlich zu sein in Dingen, die doch nur irgendwie der Pendelschlag des Ewigen sind. Glauben Sie wirklich, daß es ein Zufall war, daß gerade jene Kapitel der Memoiren des Casanova ›verlorengegangen‹ sind, wo er altert, wo aus dem Hahn ein Hahnrei, aus dem Betrüger der Betrogene wird? Vielleicht wurde ihm nur die Hand zu schwer und das Herz zu eng.«

Er bot mir die Hand. Nun war seine Stimme wieder ganz kühl, ruhig und unbewegt. »Gute Nacht! Ich sehe, es ist gefährlich, jungen Leuten in Sommernächten Geschichten zu erzählen. Das gibt leicht törichte Gedanken und allerhand unnötige Träume. Gute Nacht!«

Und er ging mit seinen elastischen, aber doch von den Jahren schon verlangsamten Schritten ins Dunkel zurück. Es war schon spät. Aber die Müdigkeit, die sonst von der Wärme der weichen Nächte mich früh befing, war heute zerstreut durch die Erregung, die im Blute aufklingt, wenn einem Seltsames widerfährt oder wenn man Fremdes für einen Augenblick wie Eigenes erlebt. So ging ich den stilldunklen Weg entlang bis zur Villa Carlotta, die mit marmorner Treppe in den See niedersteigt, und setzte mich auf die kühlen Stufen. Wunderbar war die Nacht. Die Lichter von Bellagio, die früher nahe wie Leuchtkäfer zwischen den Bäumen funkelten, schienen nun unendlich ferne über dem Wasser, und langsam fielen sie, eins nach dem anderen, in das schwere Dunkel zurück. Schweigsam lag der See, blank wie ein schwarzer Edelstein und doch von wirrem Feuer an den Kanten. Und wie weiße Hände zu hellen Tasten, so griffen die plätschernden Wellen mit leisem Schwall die Stufen auf und nieder. Endlos hoch schien die bleiche Himmelsferne, auf der Tausender Sterne Funkeln war. Ruhevoll, in blitzendem Schweigen standen sie: nur manchmal löste sich einer aus dem demantenen Reigen jäh los und stürzte in die Sommernacht hinein; hinein in das Dunkel, in Täler, Schluchten, Berge oder ferne Wasser, ahnungslos und von blinder Kraft geschleudert wie ein Leben in die jähe Tiefe unbekannter Geschicke.

# NACHWORT

Der Band ›Erstes Erlebnis, vier Novellen aus Kinderland‹, Ellen Key gewidmet, erschien 1911 im Insel Verlag zu Leipzig. Er wird hier, nachdem die Erzählungen vielfach in andere Sammlungen aufgenommen oder einzeln veröffentlicht waren, wieder in der Form vorgelegt, die er damals hatte. Es war Stefan Zweigs erste Vorstellung als Novellist und konnte schon damit seinen Titel ein wenig rechtfertigen. Es war nicht der allererste Versuch; der hieß ›Die Liebe der Erika Ewald‹ und war schon sieben Jahre zuvor publiziert worden, aber der Autor hat diese Sammlung nicht als vollgültig anerkennen wollen und später nie wieder neudrucken lassen. Wohl aber wurden die Erzählungen aus dem ›Ersten Erlebnis‹ zum Beginn seines Werkes als Novellist; sie bildeten dann den Anfang der Reihe, die er ›Die Kette‹ nannte und die fortgeführt wurde bis zu der letzten und vielleicht stärksten Novelle jener nach seinem geliebten Schachspiel benannten, die unmittelbar vor seinem Tode geschrieben und erst posthum veröffentlicht wurde.
Es hat guten Grund, wenn dieses Frühwerk nun in der ursprünglichen Gestalt wieder vorgelegt wird. Nicht als ob damit eine literarhistorische Absicht verknüpft

wäre, ein »Beitrag zur Zweig-Forschung«. Zweigs Œuvre hat zu seinem Glück solche Einteilungen und Klassifizierungen nicht nötig, so nützlich und fruchtbar, zum mindesten für die Forschung, sie sein mögen. Seine Werke, und besonders seine Erzählungen, sind auf ganz überraschende Weise lebendig geblieben, und in der wichtigsten und entscheidenden Weise, nämlich als gelesene, nicht als kommentierte Literatur. Ich sagte überraschend, und in der Tat war es auch für seine Freunde erstaunlich, wie sein Werk die Katastrophe der Hitlerzeit und seines Todes von eigner Hand überstanden hat. Immer wieder neue Generationen von Lesern haben sich zu ihm gefunden, und in allen Ländern. Er war einer der meistübersetzten Autoren der Welt geworden, ehe seine Bücher auf den bekannten Scheiterhaufen wanderten und in seiner Sprachheimat verboten wurden. Er blieb, auch in jener Zeit, hochgeehrt und viel gelesen, so weit das freie Wort noch Geltung hatte; er trat sogleich, und als einer der ganz wenigen, denen dies beschieden gewesen ist, wieder in den früheren Rang seiner Geltung ein, sobald sich die Wege öffneten. Das hat zu vielem Rätselraten Anlaß gegeben, ganz abgesehen davon, daß ein so gewaltiger Erfolg unfehlbar zu Versuchen reizen muß, eine Erklärung oder womöglich ein geheimes Rezept dafür zu finden. Ich werde zu dieser Diskussion keinen Beitrag liefern und am allerwenigsten polemisieren mit denen, die den Kult des Verkannten und erst Wiederzuentdeckenden betreiben. Stefan Zweig ist nie verkannt gewesen, und er brauchte nicht wiederentdeckt zu werden. Er brauchte nur wieder aufgelegt zu werden, so bald es dafür Papier, Druck und Druckerlaubnis gab. Insofern hat sich der von ihm gewählte Sammeltitel ›Die Kette‹ glorreich bestätigt, auch in einem Sinn, an den er nicht gedacht hatte.

Das erste Glied dieser Kette nun, die vier frühen Novellen. ›Aus Kinderland‹ lautete der Untertitel. Kinderland – das mutet heute ein wenig an so wie Märchenland. Und die Welt der Kinder hatte ja damals, oder sollte ihn haben, einen märchenhaften Schimmer, der so lange wie möglich behütet werden mußte durch die Erwachsenen, die ihre Welt für sich besaßen. Stefan Zweig hat in seiner Autobiographie ›Die Welt von Gestern‹, die vor allem der Schilderung charakteristischer Züge jener Zeit von ehemals galt und weniger der Darstellung des eignen Lebens, ein ganzes Kapitel diesem Thema jener zwei Welten gewidmet. Er spricht vom Pubertätsalter, bei ihm noch gymnasiastisch »Eros Matutinus« genannt, von der Geheimnistuerei, den Unterdrückungen selbst der harmlosesten Andeutungen auf sexuelle Fragen, der »ungesund stickigen, mit parfümierter Schwüle durchsättigten Luft«, in der er aufwuchs. Er spricht von der provokatorischen Polarisierung der Geschlechter bis in die Mode, ja bis in die gewünschte Haltung hinein: »der

Mann forsch, ritterlich und aggressiv, die Frau scheu, schüchtern und defensiv, Jäger und Beute, statt gleich und gleich. Durch diese unnatürliche Auseinanderspannung im äußeren Habitus mußte auch die innere Spannung zwischen den Polen, die Erotik, sich verstärken, und so erreichte dank ihrer unpsychologischen Methode des Verhüllens und Verschweigens die Gesellschaft von damals genau das Gegenteil. Denn da sie in ihrer unablässigen Angst und Prüderie dem Unsittlichen in allen Formen des Lebens, der Literatur, Kunst, Kleidung ständig nachspürte, um jede Anreizung zu verhüten, war sie eigentlich gezwungen, unablässig an das Unsittliche zu denken. Da sie ununterbrochen forschte, was unpassend sein könnte, befand sie sich in einem unablässigen Zustand des Aufpassens; immer schien der damaligen Welt der ›Anstand‹ in tödlicher Gefahr: bei jeder Geste, bei jedem Wort . . .«

Man versteht, wie da der Ansatz lag für einen jungen Autor, der zugleich durchaus jener bürgerlichen Welt angehörte nach Familie und Erziehung – er erwähnt gerechterweise, wie anders die Zustände doch bei den sogenannten »niederen Ständen« waren, den Bauern, dem Proletariat –, der aber bereits entschieden rebellierte gegen die Konvention. Er meint: »So war im letzten Grunde jene Generation, der man jede Aufklärung und jedes unbefangene Zusammensein mit dem anderen Geschlecht prüde untersagte, tausendmal erotischer disponiert als die Jugend von heute mit ihrer höheren Liebesfreiheit. Denn nur das Versagte beschäftigt das Gelüst, nur das Verbotene irritiert das Verlangen, und je weniger die Augen zu sehen, die Ohren zu hören bekamen, um so mehr träumten die Gedanken.« Das ist schon fast das Thema der ersten dieser vier Novellen, ›Geschichte in der Dämmerung‹. Zweig spricht auch davon, daß der gesellschaftliche Druck auf die Jugend nur Mißtrauen und Erbitterung gegen alle Instanzen gezeitigt habe. »Vom ersten Tag unseres Erwachens fühlten wir instinktiv, daß mit ihrem Verschweigen und Verdecken diese unehrliche Moral uns etwas nehmen wollte, was Rechtens unserem Alter zugehörte, und daß sie unseren Willen zur Ehrlichkeit aufopferte einer längst unwahr gewordenen Konvention.« Er erwähnt, mit einem der recht seltenen und nur sehr vorsichtigen Hinweise auf Selbsterlebtes:

»Wer von jener Generation sich redlich seiner allerersten Begegnungen mit Frauen erinnern will, wird nur wenige Episoden finden, deren er mit ungetrübter Freude gedenken kann«, und er zählt die alles überschattenden Schrecknisse auf: Ansteckung, Erpressungsgefahr bei Abtreibung, Alimentenzahlung und so fort. Davon ist nun freilich in diesen frühen Erzählungen nicht die Rede. Und der Schriftsteller, rückblickend im sechzigsten Jahre auf jene Jugend sagt auch, und das führt uns bereits ein wenig hinaus über

die Zeit vom Jahrhundertanfang: »Mag sein, daß durch die Unbekümmertheit, mit der die jungen Menschen von heute durch das Leben gehen, ihnen etwas von jener Ehrfurcht vor den geistigen Dingen fehlt, die unsere Jugend beseelte. Mag sein, daß durch die Selbstverständlichkeit des leichten Nehmens und Gebens manches in der Liebe ihnen verlorengegangen ist, was uns besonders kostbar und reizvoll erschien, manche geheimnisvolle Hemmung von Scheu und Scham, manche Zartheit in der Zärtlichkeit. Vielleicht sogar, daß sie gar nicht ahnen, wie gerade der Schauer des Verbotenen und Versagten den Genuß geheimnisvoll steigert.« Er schließt das Kapitel mit dem Zuruf: »Aber all dies scheint mir gering gegenüber der einen und erlösenden Wandlung, daß die Jugend von heute frei ist von Angst und Gedrücktheit und voll genießt, was uns in jenen Jahren versagt war: das Gefühl der Unbefangenheit und Selbstsicherheit.«
Das wollen wir dahingestellt sein lassen, denn das Sicherheitsbedürfnis in allen Lebensfragen und -beziehungen ist durch die Erfahrungen zweier Weltkriege und allem was danach kam, ins nahezu Unbegrenzte gewachsen. Ich glaube auch nicht, daß es gerade der Schauer des Verbotenen und Versagten sein müsse, der das Gefühl steigert. Aber allerdings scheint es mir, daß die »geheimnisvollen Hemmungen von Scheu und Scham, die Zartheiten in der Zärtlichkeit« ihre volle Gültigkeit behalten dürften über alle Wandlungen der

Generationen hinweg, auch dann, wenn es anstelle des von Zweig verwendeten Wortes Liebe nur mehr Sex heißen soll, kurz und knapp und wie auf den Tisch einer Kantine hingeschlagen bei einer ersten Begegnung, mit einem sachlichen: »wie wärs?«
Es sind also erotische Novellen. Aus Kinderland, das heißt nicht Erotik der Kinder, sondern die Welt der Erwachsenen, gesehen mit den Augen der Kinder, denen das, was die Erwachsenen treiben, noch ein »Brennendes Geheimnis« ist, wie die bekannteste der Novellen betitelt ist. Oder ein »Erstes Erlebnis« eines halb noch Knaben, nach damaligen Kategorien, mit einer übermütigen und stolzen Cousine, in der Dämmerung oder eher Dunkelheit eines schottischen Parks, kunstvoll und kontrapunktisch abgesetzt gegen eine zweite Gestalt, die der sanfteren und vielleicht ebenso liebenswerten Schwester. Wirrnisse, Wunschträume, die plötzlich in Erfüllung gehen, Versteckspiel, eine Sommernacht. Der Knabe sieht die beiden Schwestern nicht wieder. Aber sein ganzes späteres Leben ist ihm nur Traum und Schein gegen die Wirklichkeit dieser Erinnerung. Er ist »einer jener Menschen geworden, die kein Verhältnis mehr zur Liebe und zu den Frauen finden können« nach diesem Erlebnis, das in seine noch unsicheren Knabenhände gefallen war. Er wird »einer jener korrekten stillen Engländer, die viele für gefühllos halten, weil sie so schweigsam sind und weil ihr Blick kühl an den

Gesichtern der Frauen und ihrem Lächeln vorübergeht«. Gab es das? Gibt es das? Doch, das gibt es. Manche kleine Einzelheit zeigt die Zeit an, die »Periode« zu der es geschrieben wurde. ». . . der runde Knoten ihres Haares droht aufzubrechen, so locker halten nur mehr die Spangen. Der Knabe starrt wie verzaubert auf das blonde Geflecht, und der Gedanke, daß es sich plötzlich lösen könnte und niederrauschen in wilden, wehenden Flechten, macht ihn toll vor Erregung . . .« Noch mehr gilt das vielleicht für die Novelle betitelt ›Die Gouvernante‹ – ein Beruf, den es gar nicht mehr gibt, geschweige denn in der sozialen Zwischenstellung von damals, und schon gar nicht in der völligen Ahnungslosigkeit, mit der die beiden Kinder, ihre Zöglinge, die unerklärliche Veränderung im Wesen ihres »Fräuleins« konstatieren und beobachten müssen bis zur obligaten Katastrophe des Selbstmordes.

Aber solche Züge sind nicht wichtig. Wichtig ist die Verve, mit der erzählt wird. Charakteristisch für Stefan Zweig schon in diesen frühen Stücken ist die Behutsamkeit und Versöhnlichkeit seiner seelenärztlichen Behandlung. Das Spannende, zuweilen geradezu detektivisch Spannende ist nicht verschmäht, wohl aber alles böse Bohrende oder hämisch Triumphierende. Dieser ihm ganz eigne Tonfall, hier schon deutlich erkennbar, ist es gewesen, der ihm immer wieder die Leser in allen Ländern zugeführt hat. Und diese Haltung ist erwidert worden. In den zahllosen Briefen, die ihm zukamen und die ihn auch jetzt noch bezeugen nach so vielen Jahren, ist fast immer ein sehr spezifischer Ton der Wärme und Verehrung, oft ungelenk, zuweilen schön ausgedrückt, immer aber ganz unverkennbar und *so* keinem andern gegenüber verwendet. Ein Ton des Zutrauens, wie zu einem sehr geliebten alten Lehrer oder einem ganz besonders vertrauenswürdigen Arzt. Das sind keine literarischen Kategorien, ich weiß es, und wo Stefan Zweig nun »endgültig« einzuordnen wäre, das dürfte nicht so leicht auszumachen sein. Er selber dachte, bei allem Selbstbewußtsein, das ihm keineswegs abging, bescheiden darüber, und gerade dem Dienst für Größere und ihr Werk hat er ja auch einen ganz unverhältnismäßigen Teil seiner produktiven Kräfte gewidmet. Die Sonderform des Nachruhms, die ihm zuteil geworden ist, paßt dazu auf die schönste und angemessenste Weise. Und so möge auch diese neue Ausgabe jenes Erstlings seiner großen Novellenreihe dazu dienen, ihm neue Leser zuzuführen. ›Die Kette‹ hatte er die Sammlung seiner Erzählungen genannt. Sie wurde nicht abgeschlossen. Sie ist noch heute offen.

*Richard Friedenthal*